Tomber les masques

Tomber les masques

Jean-Michel Gaudron

Tomber les masques
© PGCOM Editions 2021
Tous droits réservés
http://www.pgcomeditions.com/
ISBN : 978-2-917822-87-6

La loi du 11 mars 1957 n'autorisant aux termes des alinéas 2 et 3 de l'article 41, d'une part, que les « copies ou reproductions strictement réservées à l'usage privé du copiste et non destinées à une utilisation collective » et, d'autre part, que les analyses et courtes citations dans un but d'exemple et d'illustration, « toute représentation ou reproduction intégrale, ou partielle, faite sans le consentement de l'auteur ou de ses ayants droits ou ayants cause, est illicite »(alinéa 1er de l'article 40).

Cette représentation ou reproduction, par quelque procédé que ce soit, constituerait donc une contrefaçon sanctionnée par les articles 425 et suivants du Code pénal.

Pour Anne-Claire, ma première lectrice, tout à la fois bienfaitrice, consolatrice, inspiratrice, protectrice, réparatrice et régénératrice…

La voisine d'en face

« Chaque femme contient un secret : un accent, un geste, un silence. »
Antoine de Saint Exupéry

Le soleil commençait à fuir à l'horizon, enflammant le ciel de teintes absolument sublimes, allant du rouge vif au violet satiné. Quelques nuages moutonneux grisonnants ajoutaient au tableau une touche à la fois féérique et sinistre. On se serait cru dans un décor de film d'horreur, lorsque commencent à s'ouvrir les cercueils des vampires à la tombée de la nuit.

Éreinté par une longue journée de travail, je n'étais pas mécontent de rentrer enfin chez moi. Dans ce quartier résidentiel de la capitale, il n'y avait guère d'agitation et ce calme me convenait parfaitement, surtout dans ces moments où je sentais un grand besoin de repos, à la fois pour le corps et l'esprit. La nécessité de déconnecter, d'appuyer sur l'interrupteur, de se mettre en mode « pause » ou, mieux encore, « off ».

Au second étage de la résidence cossue où j'avais trouvé, il y a quelques années, un beau petit appartement, la douceur de l'éclairage des parties communes était, elle aussi, une invitation à la détente.

Je m'apprêtais à rentrer chez moi lorsque mon regard fut attiré par la porte d'un des logements voisins, de l'autre côté du couloir, environ six mètres un peu plus loin sur ma gauche. Elle était restée ouverte. Pas juste entr'ouverte, mais carrément et totalement ouverte. Simplement, mais ostensiblement. Banalement, mais démesurément. Comme narguant le monde de son indécente posture. Ne cachant plus rien de ce qu'il y avait de l'autre côté. Quel que soit le côté.

Il se trouve justement que, attiré par cette anormale situation, j'étais là, désormais, de l'autre côté. À me tenir debout, devant cette porte. À me demander pourquoi elle était ainsi ouverte. À m'inquiéter un peu qu'elle le soit. À m'interroger beaucoup sur le sens de cette situation, quel que soit celui par lequel j'abordais la question. Il ne semblait y avoir aucun mouvement à l'intérieur de cet appartement et je n'avais croisé personne en arrivant, qui aurait pu venir de là.

Dubitatif, songeur, incrédule, voire méfiant, je tentais de trouver une raison rationnelle et imparable pour laquelle cette porte aurait bien pu rester ouverte. Je manquais clairement d'indices et encore plus d'hypothèses. La réponse se cachait-elle de l'autre côté ? Celui où je n'étais pas à cet instant ? Devais-je échafauder mille et une théories fumeuses pour expliquer l'injustifiable et justifier l'inexplicable ?

Quel intérêt avais-je d'ailleurs à le faire ? Après tout, cette porte ne m'avait rien fait. Elle était tout à fait libre d'être dans la position qui lui plaisait. Plus je la regardais et moins je trouvais, au fil des secondes, un quelconque intérêt à vouloir comprendre le pourquoi du comment. Cette porte n'était même pas la mienne, mais celle de ma voisine de presque en face.

Ce serait beaucoup dire que je la connaissais bien. C'est une femme un peu bohème et qui me semble très ouverte d'esprit. Pas le genre à s'encombrer de manières, ni de mots superflus pour dire ce qu'elle pense. Ni de gestes inutiles pour faire ce qu'elle dit. Et encore moins d'hésitations pour penser à ce qu'elle fait.

Je serais bien incapable de lui donner un âge. Ni même de lui prêter pour qu'elle me le rende ensuite. Elle doit sans doute faire plus jeune, car je l'ai toujours vue enjouée, souriante et pimpante. Et on sait combien cela conserve le corps et l'esprit.

Tomber les masques

À chaque fois que le hasard la met sur mon chemin, elle arbore toujours une coupe ou une couleur de cheveux différente et rarement la même combinaison d'habits.

Les appartements de cette résidence n'étant pas très grands, le sien doit, du coup, sans doute être occupé à plus de 80 % par un immense dressing d'où débordent moult pantalons, vestes, chemisiers et autres robes longues. Je la soupçonne de ne jamais avoir eu à prononcer cette phrase si terrible : « *Je n'ai rien à me mettre aujourd'hui* ». Mais je ne jurerais de rien. Avec les femmes, tout est toujours possible.

Je ne l'ai jamais vue autrement habillée qu'avec de larges vêtements aux coupes amples, très colorés et systématiquement très esthétiquement accordés. Le seul reproche que je pourrais lui faire, si j'en avais la légitimité, c'est qu'elle ne laisse jamais rien deviner de sa silhouette et encore moins de sa féminité. Et cela m'a toujours intrigué de n'avoir, au final, aucune indication — ou si peu — sur son indice de masse corporelle...

Elle n'est sans doute plus de première jeunesse, mais semble encore assez loin de la séniorité. Le peu d'échanges que j'ai pu avoir avec elle m'a juste conforté dans l'idée que s'il faut chercher de la grisaille en elle, c'est au niveau de sa matière et certainement pas de ses cheveux ou de son humeur. Une femme brillante, assurément.

Je suis célibataire, depuis un bon moment. Je mentirais donc si je disais qu'il ne m'est jamais arrivé, un peu, beaucoup, de penser passionnément à elle, dans la folie de certains soirs de solitude. Elle n'a pourtant jamais rien fait pour et moi non plus. Cela vient soudainement. Sans crier gare. Et ça repart généralement de la même façon. Mais entre les deux, l'intensité va toujours en grandissant, au point de faire naître en moi un certain trouble, pour ne pas dire un trouble certain.

Comment pourrais-je éprouver un tant soit peu d'attirance pour une femme dont je n'ai jamais aperçu le moindre bout de cuisse ou de ventre ? Dont je suis incapable de pronostiquer quel pourrait être son tour de poitrine, n'ayant jamais eu l'occasion ne serait-ce que de la deviner ? Et pourtant, il m'arrivait de fantasmer réellement sur elle, m'imaginant, justement, découvrir la huitième merveille du monde une fois franchie son armure de couches de vêtements. La nature humaine est parfois étrange. La nature masculine aussi. Et la mienne encore plus.

J'en étais encore à me perdre dans mes réflexions sans réel intérêt lorsque je l'aperçus, de l'autre côté de cette porte, un peu plus loin dans son appartement. Elle sortait de la salle de bains vêtue de sa seule nudité et se dirigeait vers la pièce d'en face que je supposais être sa chambre. Le hasard est parfois bien capricieux, mais il sait aussi être coquin.

Enfin ! Après avoir tant et tant désiré ce corps mystérieux, il était là, à portée d'yeux, m'apportant d'un seul coup, les réponses à toutes mes questions, y compris celles que je ne m'étais jamais posées.

C'est le moment que choisit un malicieux courant d'air pour s'inviter. La porte d'entrée, restée ouverte, se claqua alors avec fracas devant moi. Et quelle claque ! Au plaisir inespéré d'une image enchanteresse succéda brutalement une déception abyssale. De l'autre côté de cette porte, désormais fermée, j'avais eu à peine le temps d'apercevoir, heureusement de manière fugace, les attributs du sujet de mes fantasmes.

Nelson, Kevin et moi

« Lorsqu'on a vingt ans, on est incendiaire, mais après la quarantaine, on devient pompier. »
Witold Gombrowicz

Lorsque je suis entré dans ce bar, à deux pâtés de maisons de là, je ne pensais évidemment pas tomber en arrêt devant un grand poster de l'affiche du film *Danse avec les loups*. Le choc visuel fut d'une violence incroyable tant il me ramena vers un temps que les moins de vingt ans ne peuvent pas connaître. 1990. J'avais vingt ans. J'étais jeune. J'étais beau. J'avais toute la vie devant moi. Kevin Costner s'attaquait aux plaines du Dakota, mais moi, c'est la terre entière que j'avais à mes pieds. Elle m'appartenait.

J'étais sans foi ni loi. Je n'avais ni Dieu ni maître. Je regardais, indifférent, le monde qui s'agitait autour de moi. Le régime communiste vivait ses dernières heures et Nelson Mandela sortait de prison après 27 ans de captivité. Mais je me moquais bien de savoir comment ceux « de l'Est » ressentaient ce vent d'Histoire ou quelles pouvaient bien être les premières pensées d'homme libre du futur président sud-africain. La seule personne qui m'intéressait, c'était moi.

Après tout, j'étais la liberté incarnée. Je venais d'avoir mon permis de conduire et j'écumais les parkings à la recherche de voitures de luxe que j'empruntais pour quelques heures avant de les abandonner dans un quelconque terrain vague, non sans y mettre généralement le feu. Sans raison particulière. Juste pour le plaisir. Je n'ai jamais trouvé utile de devoir justifier ces moments de jouissances intenses. J'adorais la vue des flammes sur une carcasse métallique et l'instant où le réservoir d'essence explosait, provoquant de nouvelles gerbes. Je n'avais pas besoin d'attendre le jour de la fête nationale : je me faisais des feux d'artifice quand j'en avais envie.

Lorsque je partais pour ce genre de balade d'enfer, j'emballais toujours, en chemin, l'une ou l'autre brunette ou blondasse — parfois deux en même temps, quand on aime, on ne compte pas — qui voyait dans mon carrosse de cuir et d'acier un signe extérieur de pouvoir absolu. Ces conquêtes d'un soir ne cherchaient ni la romance, ni l'amour, mais juste un alibi, un prétexte, un frisson. Elles avaient frappé à la bonne porte.

Il y a même des fois où elles étaient tellement défoncées avant de monter dans mon carrosse que je me demande encore quels souvenirs elles pouvaient bien garder de ces virées nocturnes, de ces haltes dans des parkings mal éclairés ou des sous-bois à l'écart des routes, de ces copulations effrénées et déjantées. Même moi je ne parvenais pas toujours à me rappeler de tout. Peu importe. Seul comptait l'instant présent. Mon *carpe diem* à moi.

Ma vie d'alors n'était que sexe, drogue, sexe, voitures, sexe, rock n' roll, sexe et drogue. À peine un cycle était-il terminé que j'en recommençais un autre. Je me vautrais avec délectation dans la plus délirante des luxures, les oreilles chauffées par les riffs de Megadeth, Sepultura, Metallica ou d'AC/DC, les narines rougies par cette poudre blanche floconneuse que je *dealais* dans la région, le cerveau shooté à l'adrénaline.

Je rentrais à l'aube, dézingué. Je dormais tout le jour, puis ressortais le soir de ma tanière et traversais la nuit à 200 à l'heure. Je brûlais l'existence par tous les bouts qu'il était possible et je remettais ça le plus souvent. Mes trafics quotidiens me rapportaient suffisamment d'argent pour mener un train de vie de folie, mais à chaque transaction, je me gardais toujours quelques gros billets de côté, pour pouvoir assurer en cas de coup dur. Ma tirelire, comme je l'appelais, était une banale boîte de Galettes Saint-Michel, qui s'était rapidement remplie après avoir été tout aussi rapidement vidée de ses petits trésors sucrés.

Tomber les masques

Le sort de mes contemporains me laissait généralement indifférent. Tout juste avais-je été un peu attristé par la mort de Stevie Ray Vaughan, guitariste de génie, au look de cow-boy rebelle. Je me rappelle avoir payé une tournée en sa mémoire et d'avoir, pendant plusieurs jours, écouté à fond ses plus grands standards, fenêtres ouvertes et cheveux au vent. J'étais moi aussi rebelle, à ma façon, même si je n'avais jamais tenu une guitare entre les mains.

D'un autre côté, je me moquais éperdument de savoir qu'à l'autre bout du monde, l'Irak envahissait le Koweït et précipitait la planète au bord de l'abîme… L'abîme ? Je flirtais avec elle chaque seconde. Et je ne m'embarrassais jamais du moindre sentiment pour écarter ceux qui se mettaient en travers de ma route. Il n'y avait pas vraiment de place pour deux individus comme moi ici. J'étais un vrai loup solitaire. Je n'avais pas besoin d'une horde pour exister.

J'avais dépassé le stade de simple petit « caïd », dont la réputation fait sourire les flics et qui se dégonfle au premier coup dur. Tous les commissariats, les gendarmeries et les aéroports de la région avaient mon portrait-robot punaisé sur leurs tableaux et j'étais considéré comme un « *individu particulièrement dangereux* ». Il était chaudement recommandé, à tous ceux qui pensaient me reconnaître, de ne pas intervenir eux-mêmes et d'appeler directement les services de police.

Mais j'étais bien plus malin que tous ceux qui en avaient après moi et je savais jongler entre la demi-douzaine de planques que je m'étais aménagées, avec cuisine intégrée et le tout dernier cri en matière de vidéo et de hi-fi. Parfois, ce dernier cri était tout simplement celui de ceux qui avaient croisé mon chemin au mauvais endroit, au mauvais moment.

Cela fait maintenant quelques minutes que je suis en arrêt devant cette photo de Kevin Costner, accroupi, avec son regard ténébreux et lointain, ses cheveux artistiquement décoiffés par un supposé vent de face et sa moustache tombante. Je pose mon petit sac à côté d'une table où je m'assieds et commande un demi. J'ai besoin de reprendre mon souffle et mes esprits, tant ce flot d'images qui refait surface est étourdissant.

J'avais tout entrepris, ces dernières années, pour tirer un gros trait noir sur cette vie passée et me projeter ailleurs. Mais voilà qu'un banal poster me fait tout revenir en tête. Comme si toute cette période de ma jeunesse s'était simplement cachée dans un coin, m'attendant au tournant pour me surprendre à la première occasion. Et l'occasion venait d'arriver.

La belle blonde et sa superbe couche de mousse délicate que je tiens maintenant dans ma main ont une tout autre saveur que celles que je m'enfilais sans compter, dans les cannettes métalliques d'antan que je jetais n'importe où. J'en avais sifflé quatre ou cinq au début de ce fameux soir d'automne, prélude à une nuit hallucinante plus folle encore que les autres. Plus terrifiante aussi.

Je m'étais d'abord bien amusé dans un lit, en charmante compagnie, pour un rodéo démentiel à en faire péter les ressorts du sommier. Je pense que tout le quartier avait profité de ces glorieux ébats. Comment s'appelait-elle déjà ? Julie ? Marie ? Sophie ? Je me souviens que ça se terminait en « ie », mais je suis incapable de me rappeler comment ça commençait.

Je m'étais ensuite levé, regonflé à bloc, prêt pour un rendez-vous hyper-important dans une salle de cinéma où était encore diffusé ce fameux *Danse avec les loups*. Je devais y retrouver, dans le plus grand des secrets, un des parrains du milieu de la drogue, des filles et des jeux. Un certain Toni. Son vrai prénom était Antoine, mais ça faisait tellement plus classe de s'affubler d'un blase à l'italienne, façon Camorra. Et il ne supportait pas, de surcroît, qu'on l'appelle autrement que Toni.

Officiellement, nous devions nous voir pour jeter les bases d'une collaboration qui promettait d'être fructueuse. Nous n'avions que très peu de zones de concurrence et, à nous deux, nous pouvions régner sur tout le département, voire au-delà.

La salle était presque déserte, ce qui nous arrangeait bien dans notre souci évident de discrétion et de confidentialité. Mais entre deux prédateurs aux dents longues, comme nous l'étions, les choses avaient bien vite dégénéré. Le ton était monté. Quand je me suis mis à l'appeler Antoine, suprême provocation, son sang n'avait fait qu'un tour et tout était alors parti en sucette.

Des coups de feu avaient claqué. Des balles perdues avaient fait deux morts parmi les spectateurs. D'autres avaient atteint leurs cibles. Toni et ses deux gardes du corps, ainsi que deux de mes « lieutenants », n'avaient pas survécu à la fusillade. J'en étais miraculeusement sorti indemne. Ma bonne étoile brillait. J'y avais vu un signe.

M'enfuyant de ce cinéma, j'avais ensuite violemment car-jacké un 4x4 arrêté à un feu rouge, ne laissant aucune chance à son conducteur. Le pare-buffle de ce gros engin m'avait grandement aidé à tracer ma route sans me soucier des autres, comme j'avais toujours eu l'habitude de le faire. Je ne compte pas les accidents que j'ai alors, directement ou indirectement, provoqués dans mon périple.

La police avait rapidement lancé ses meilleurs pilotes à mes trousses, y compris un hélicoptère qui, bien vite, me survola. Je braquai ensuite une autre voiture arrêtée à un Stop : un coupé sport, cette fois-ci, pour mettre toutes les chances de mon côté. La course-poursuite fut infernale et se termina finalement dans un bain de sang. On en parle encore, d'ailleurs, dans la région, tant la violence de ces quelques heures fut inouïe.

Ma bière se réchauffe maintenant dans ma main. Une larme s'invite au coin de mon œil, la première depuis tellement longtemps. Il me semble revivre tous ces instants comme s'ils venaient à peine de se dérouler, là, de l'autre côté de la porte du bar, alors que tout cela remonte au siècle dernier. Je ressens même soudainement la douleur vive dans ma cuisse gauche, traversée par la balle tirée par un policier un peu plus adroit (ou chanceux ?) que les autres.

Et entre mes oreilles, j'entends encore très distinctement le fracas des tôles de mon bolide, lancé à plus de 160 sur les routes de campagne, et qui termina dans le fossé après avoir heurté deux autres voitures, ce qui eut pour effet de ralentir un peu ma course folle. Plusieurs tonneaux plus tard, ce qu'il restait de mon coupé sport d'emprunt s'immobilisa au milieu d'un champ. Je ne me souviens pas du tout comment j'en suis sorti, mais je me rappelle très bien que tout le monde — policiers, pompiers et témoins — avait parlé de miracle à mon sujet. Ma bonne étoile était toujours là, mais je me suis souvent demandé si je n'aurais pas préféré, à cet instant précis, qu'elle fut éteinte.

Ce bruit de la carrosserie broyée restera gravé dans mes tympans aussi distinctement que celui du marteau du juge prononçant la sentence. Au terme d'un procès très médiatisé où la France entière découvrit mon terrifiant parcours, son verdict claqua dans la nuit : « Trente ans, dont une peine de sûreté incompressible de 20 ans ». C'était il y a… 24 ans.

Je viens de passer plus de la moitié de ma vie derrière les barreaux, dans la promiscuité au cœur de prisons surpeuplées, dans lesquelles j'ai été trimballé au gré des demandes et des opportunités, jusqu'à revenir, finalement, il y a 5 ans, dans ma région d'origine. Celle où j'avais décidé de réécrire le scénario de ma vie, une fois le brouillon de l'autre passé au broyeur.

Dans mes premiers pas d'homme libéré, il y a quelques heures, je n'avais pas pu m'empêcher de me demander si Nelson Mandela avait ressenti la même sensation de légèreté qui m'enveloppa à cet instant. Avait-il, lui aussi, été frappé de la façon dont le monde avait changé pendant tout ce temps ? Et encore avait-il sans doute été moins chamboulé que ce qu'il a été ces dernières années. Si j'avais pu, à mon époque, disposer des mêmes technologies que maintenant, j'aurais probablement été plus fort et plus intouchable. Mais on ne réécrit pas l'histoire.

En revanche, on peut en façonner la suite, sur les fondations du passé. Pendant toutes ces années à l'ombre, j'ai eu le temps de me refaire une santé. Je me suis assagi, apaisé. J'ai presque été un prisonnier modèle. Ce fut long à se dessiner, mais j'ai bien vite compris qu'en me privant de liberté, la société m'avait donné une chance inespérée de vivre.

J'ai appris la comptabilité et la gestion. J'ai passé des diplômes, j'ai travaillé bénévolement, en free-lance, pour aider quelques associations caritatives à se structurer financièrement. Me voilà armé, pacifiquement, pour *me réinsérer dans la société*, comme l'expliquent tous les bureaucrates, psychiatres et autres assistants sociaux qui m'ont suivi et, parfois, précédé dans mes propres démarches.

L'homme qui est sorti, ce matin, de 24 ans, 3 mois et 17 jours (j'ai eu le temps de les compter) d'enfermement, dont 2 ans, 4 mois et 11 jours d'isolement, n'est plus le même que celui qui y était arrivé, sur une civière, la cuisse meurtrie et les neurones déglingués. Certes, je boite toujours et j'ai parfois quelques absences, lorsque mon cerveau se met en mode veille. Mais quiconque me croise aujourd'hui, ne peut pas absolument pas imaginer un millième de tout ce que j'ai pu faire et vivre dans ma jeunesse.

Il ne me reste plus qu'une dernière formalité à accomplir, pour me défaire à jamais de ce boulet qui me lie à mon passé : récupérer ma tirelire, que j'avais pris grand soin de cacher à un endroit où j'étais sûr de la retrouver, même après plus de deux décennies. Dans l'église de l'Immaculée Conception. Moi le démon incarné, j'avais eu l'ultime ironie de confier aux anges et aux saints la surveillance de mon trésor de guerre. Cet édifice roman était là depuis plusieurs siècles, il allait bien encore rester quelques années supplémentaires, avant que j'y revienne faire un tour.

Derrière le deuxième pilier du croisillon nord, dans le mur donnant sur la chapelle Saint-Joseph, j'avais descellé une pierre pour y glisser ma boîte de biscuits, pleine à craquer de billets de 100 et 200 francs. Il y en avait pour près d'un million de francs. Cela me permettrait de m'assurer une « réinsertion dans la société » moins pénible.

J'ai eu tout le temps, ces derniers jours, d'organiser un savant stratagème pour que je puisse, dans les prochaines semaines, passer à la Banque de France et convertir tous ces Montesquieu et Delacroix en euros sonnants et trébuchants. Cela se fera avec quelques identités provisoires différentes, perruques et autres fausses moustaches pour ne pas attirer l'attention. Promis, ce seront là les dernières libertés que je prendrai avec la légalité, mes ultimes détours hors du droit chemin.

Adieu Kevin. Adieu Nelson. En entrant dans l'église, j'ai encore une petite pensée pour vous, figures emblématiques qui ont marqué mon existence d'avant. Ne m'en veuillez pas si je vous enfouis bien profondément dans ma mémoire, dans un coffre fermé à triple tour dont je vais jeter la clé très loin. Votre compagnie ne m'est désormais plus utile.

La dernière fois que je suis entré dans une église, c'était pour y déposer mon précieux butin. Et me voilà de retour, incognito, presqu'un quart de siècle plus tard, tel Ulysse retrouvant son doux foyer. Sauf qu'en ce qui me concerne, aucune Pénélope n'a patiemment fait, défait et refait sa tapisserie en attendant que je revienne, triomphant. Je pense même qu'elles sont plusieurs à avoir arrosé à grands coups de bulles ma condamnation et ma disparition de la société.

Il fait bigrement frais dans cette église. Ce n'est pas l'heure d'une quelconque messe et seules quelques bigotes, éparpillées sur les bancs, donnent à ce lugubre lieu un soupçon de vie. Le curé s'affaire à allumer — ou entretenir — des centaines de petits cierges, témoins d'autant d'intentions de prières. Il me tourne le dos au moment où je m'engage dans le croisillon. Je reste quelques minutes immobile, caché par le troisième pilier, puis je me décide à m'agenouiller au pied du mur attenant à la chapelle Saint-Joseph pour aller desceller cette petite pierre, dernier obstacle dérisoire et seulement symbolique.

Il ne me faut que quelques secondes, aidé d'une lame de couteau rigide, pour que l'ouverture se fasse. Je plonge la main, un peu inquiet d'une mauvaise surprise, mais je suis très vite rassuré : sous mes doigts qui tâtonnent, je sens le métal froid de la boîte. Quelle idée de génie de l'avoir bien planquée ici !

Quelques mouvements de contorsion plus tard, je la sors de sa cachette. Elle est pareille au souvenir que j'en avais. Son image est restée imprégnée en moi durant toutes ces années et m'a aidé à tenir le coup lorsque le moral était au plus bas. Je sais bien que cet argent n'a pas été honnêtement gagné, mais le simple fait d'avoir patienté toutes ces années justifie amplement cette récompense.

Forcément, je tremble un peu au moment de soulever le couvercle. Et je tremble encore plus en découvrant ce qu'il y a dans la boîte : trois billets de 200 francs, cinq autres de 100 francs et un fatras de factures, tickets de caisses et justificatifs de paiement, dont la plupart sont effacés par temps. Pourquoi nos mauvais souvenirs ne sont-ils donc pas imprimés sur du papier thermique de caisse enregistreuse ?

Je suis anéanti, abasourdi. Je ne comprends pas ce qui arrive. Qui d'autre que moi avait connaissance de cette cachette ? Personne ! J'avais volontairement choisi une église dans un quartier très éloigné de mon terrain de jeu habituel. Je m'y étais introduit un soir, juste avant que le curé ne la ferme pour la nuit. C'était la veille de mon rendez-vous au cinéma. Je devais avoir un pressentiment et je souhaitais préserver mon trésor.

Je m'étais caché dans le confessionnal et avais attendu qu'il n'y ait plus aucun mouvement avant d'en sortir. J'avais donc eu tout mon temps pour inspecter les lieux de fond en comble et choisir le meilleur endroit pour y cacher ma tirelire.

J'étais reparti vers minuit, en passant par une fenêtre du presbytère, sans la moindre effraction. J'avais même pris soin d'effacer toutes mes empreintes digitales avec un mouchoir… Je n'y avais plus jamais remis les pieds. Mais quelqu'un d'autre que moi, visiblement, oui.

Pour la seconde fois en quelques heures, les larmes me montent aux yeux. Là, ce n'est pas de l'émotion, c'est un mélange d'épuisement, de rage, de désenchantement. Vingt années de projets, de projections, de rêves, d'ambitions réduites à néant. Et ma vie à venir qui, soudain, ne rime plus à rien. À quoi bon ?

Assis le dos collé au troisième pilier, les yeux noyés et le souffle coupé, c'est à peine si je sens une main réconfortante se poser sur mon épaule. Le curé en avait fini avec ses cierges et était venu me rejoindre.

— Je vous attendais, mon fils, me glissa-t-il affectueusement. Jamais une phrase ne m'était parue aussi surréaliste, surtout à moi qui n'avais jamais connu mes vrais parents. Ils étaient encore mineurs quand je suis né et avaient préféré me confier à l'assistance publique.

Jusqu'à ma majorité, j'ai navigué de foyers en familles d'accueil, sans jamais prendre racine. Alors forcément, ce « *Je vous attendais, mon fils* » résonne très étrangement en moi. Levant vers lui mes yeux encore trempés, j'aperçois les siens que je qualifierais de doux et bienveillants. Jamais je n'avais senti un tel regard se poser sur moi. Sans le moindre jugement ni a priori.

— Je savais depuis un moment que vous viendriez, il suffisait d'être patient.

Il m'aide à me relever et m'emmène dans la sacristie où il m'invite à m'asseoir, en débouchant une bouteille de vin de messe. Est-ce là le début de mon supplice ? L'antichambre de l'enfer que j'ai tant mérité et qui me rattrape après tout ce temps ? Je n'ai pas la force de refuser ce verre offert de bon cœur. Au diable les préjugés !

L'histoire que me raconte alors cet homme d'Église, à qui je donnerais une soixantaine d'années, sans être sûr qu'il me les rende, dépasse l'entendement. Il se trouvait lui-même encore dans l'édifice le soir où je m'y suis laissé enfermer pour cacher ma tirelire. Il a tout vu et il n'a rien dit. Après tout, je n'avais strictement rien volé, ni dégradé. Il avait tout de même eu la curiosité d'aller vérifier, ensuite, ce qu'il pouvait bien y avoir dans cette boîte. Et il en fut bouleversé.

Il décida d'oublier cette histoire et de faire en sorte de penser à autre chose. Mais quelques jours plus tard, lorsque mon portrait fut diffusé dans les médias au lendemain de cette sanglante nuit, et encore plus l'année suivante, au moment de mon procès, il fit évidemment le lien direct.

Dans un premier temps, il n'eut pas la moindre idée de la façon de gérer cette situation inédite. Mais l'urgence de certaines réparations dans une église qui continuait à se faire vieille l'obligea à prendre une décision qui lui coûta de nombreuses nuits blanches : il allait se servir dans cette caisse, peu importe la provenance de ces billets. Après tout, l'argent n'a pas d'odeur…

Et c'est ainsi que dans les premiers temps, il piocha régulièrement pour payer un changement de vitrail cassé, une réparation du système de chauffage central, le remplacement de l'un ou l'autre bénitier, l'achat de nouveaux livres de messe… Le tout documenté par les devis et factures soigneusement conservés et archivés dans la boîte.

Cela aurait pu en rester là, mais quelques mois plus tard, il reçut en confession une jeune femme désemparée, mère célibataire de 19 ans, qui galérait pour joindre les deux bouts. Elle était endettée jusqu'au cou, qu'elle avait fort charmant, d'ailleurs, et vint révéler à son prêtre quelques actes moralement répréhensibles qui lui avaient néanmoins permis de garder un tant soit peu la tête hors de l'eau et ne pas se voir retirer son enfant.

La confession dura une bonne heure. Le curé, pourtant habitué à ne pas être trop empathique avec ses ouailles, craqua littéralement devant la détresse de cette brebis égarée. Il lui demanda de revenir le soir même et il lui révéla alors l'existence de cette boîte. Il lui donna une première liasse de 10 000 francs pour lui permettre de sortir de sa spirale infernale et se remettre le pied à l'étrier. Il l'encouragea ensuite à venir elle-même piocher dans le tas quand elle en aurait besoin.

C'est ainsi qu'elle put se construire une vraie existence et en offrir une à son fils, en grande partie grâce à ce trésor dont elle usa avec parcimonie tout au long de la vie de ce jeune homme, devenu adolescent et désormais adulte. Comme preuve de sa bonne conduite, elle aussi prit grand soin de conserver toutes les factures et les tickets de caisse qui remplacèrent au fur à mesure les petites coupures. C'est ensuite le fils, lui-même, qui prit le relais il y a trois ans de cela et qui continua à se servir, mais de moins en moins souvent.

— Je savais que vous reviendriez chercher votre bien. L'aumônier de la prison est un ami et il m'avait informé de votre date de sortie. Je vous attendais, mais je ne pensais pas que vous seriez venu le jour même. Voilà, vous connaissez désormais toute l'histoire. Libre à vous de m'assassiner sur place ou de faire repentance et vous tourner une bonne fois pour toutes vers une vie honnête sans tâche. Je me suis préparé toutes ces années à ce moment. Quelle que soit votre décision, je l'accepterai et si vous préférez la seconde, vous aurez mon soutien inconditionnel.

Le ton employé par le curé dans la chute de son récit était d'un calme presque terrifiant. Comme s'il avait la certitude que son heure était venue.

J'avais déjà été confronté à des choix cornéliens dans ma vie, mais celui-là dépassait tout ce que j'avais pu imaginer. Tout au long de son récit, je n'ai pas éprouvé le moindre sentiment de haine envers cet homme qui m'avait pourtant ruiné. Car au fond de moi, je savais que, tôt ou tard, cet argent m'aurait brûlé les doigts. On ne joue pas impunément de la sorte avec l'enfer. Et je repense au *Veston ensorcelé*, cette nouvelle de Dino Buzzati, que j'avais dévorée à la bibliothèque de la prison. Le héros, après avoir abondamment profité des « bienfaits » d'une veste diabolique d'où il pouvait tirer autant de billets de banque qu'il le voulait, décida un jour de brûler ce vêtement… ce qui lui fit perdre immédiatement tout ce qu'il avait acquis grâce à elle.

Je me sens étrangement serein et apaisé. Je sais, au fond de moi, que cet homme d'Église avait finalement bien agi, même au détriment de ses propres foi et convictions.

Nous restons alors de longues heures à discuter, à refaire le monde. Je lui raconte ma vie d'avant la prison et celle pendant, sans trop savoir ce que sera celle d'après. Il me parle de toutes ces années, déchiré entre le remords d'un acte foncièrement répréhensible et la satisfaction d'avoir sauvé son église, mais aussi et surtout une femme et un enfant d'une déchéance programmée. Sa foi en avait été gravement ébranlée et il était passé par plusieurs phases dépressives. Mais il avait tenu bon.

Deux bouteilles de vin de messe plus tard, nous nous quittons comme les meilleurs amis du monde. Il me promet de se renseigner pour moi, car il sait que le service financier de l'évêché est à la recherche d'un expert-comptable et qu'il pourra user de toute son influence pour que ce poste me revienne.

Il est trois heures du matin. Je sors de l'église pour marcher au hasard des rues. Je n'ai pas voulu abuser de l'hospitalité du Père Antoine — ça ne s'invente pas —, préférant décliner poliment son invitation à dormir dans la chambre d'ami du presbytère.

Au moment de partir, il a tenu à me glisser dans la poche une petite enveloppe, pour que je puisse tout de même passer la nuit quelque part. Je n'ai pas osé, sur le moment, lui dire que j'avais eu tellement d'émotions depuis ma sortie de prison que j'éprouvais à cet instant le besoin d'évacuer et de laisser mes pensées et mon corps vagabonder. Je ferai une nuit blanche à me balader et je me rendrai à la première heure au service d'accompagnement des détenus libérés pour récupérer les clés du logement qui m'a été réservé. Je pourrais alors m'y écrouler comme une masse et dormir aussi longtemps que je le voudrais.

Au détour de la Place de la République, je glisse sans y réfléchir la main dans la poche de ma veste et en sors la petite enveloppe qu'Antoine m'a laissée. Il y a deux billets de 100 euros. Je passerai demain lui rapporter, je ne veux pas commencer notre relation amicale avec une telle dette.

Je jette machinalement l'enveloppe à la poubelle pour ne pas m'encombrer : une façon pour moi de démarrer ma nouvelle vie sans le moindre fardeau ni une quelconque laisse qui me relierait, d'une façon ou d'une autre, au piquet de mon existence d'avant.

Je n'ai même pas vu qu'il y avait petit mot manuscrit dans l'enveloppe : « *Grâce à cette boîte, j'ai pu élever notre fils que tu ne connaîtras sans doute jamais. Je t'en remercie à l'infini. Signé : Julie* »

Et David terrassa Goliath

« Regarde le monde. Il est plus extraordinaire que tous les rêves fabriqués ou achetés en usine. »
Ray Bradbury

Un tapis qui roule. Un levier à tirer pour l'arrêter. Une molette à tourner pour caler le boîtier. Un bouton sur lequel appuyer pour activer la machine à riveter. La même molette à tourner dans l'autre sens pour libérer le boîtier. Le même levier à pousser pour redémarrer le tapis roulant. Jusqu'à l'arrivée du boîtier suivant. Merci, Monsieur Henry Ford, d'avoir inventé le travail à la chaîne.

La tête baissée, lourde du poids de tant d'années de servitude et de soumission, je laisse mon esprit s'égarer dans les nuages. Je m'évade par la pensée sans trop prêter d'attention à ce que je fais : mes gestes sont automatiques, précis, et devenus aussi naturels que de poser un pied devant l'autre pour marcher. Sauf que là, je ne marche pas.

Depuis trois jours, je vois défiler sous mes yeux tous ces jolis boîtiers gris métallisés qu'un petit camarade, quelques mètres à ma gauche, a pris grand soin de façonner avant moi en poussant d'autres leviers, en tournant d'autres manettes, en poussant d'autres boutons. Et un autre petit camarade en fera de même, quelques mètres plus loin à droite, pour assembler ce boîtier dans un autre mécanisme qui poursuivra son petit chemin roulant jusqu'à cette belle boîte de rangement aux couleurs dorées et argentées. Ce sera le terminus de son voyage en première classe dans l'usine, avant son expédition pour ailleurs.

Je ne compte plus les années passées sur ces machines, devant ce tapis, à manipuler ces leviers et ces molettes, à regarder tous ces boîtiers qui défilent. Je ne me rappelle même plus ce qu'il y avait avant, tant cet avant semble se perdre dans les brumes de mes souvenirs presque reptiliens.

Dans cette petite usine du nord du pays, d'aussi loin que remonte ma mémoire, il a toujours fait chaud, toujours fait sec et toujours fait bruyant… Et je ne parle même pas de cette odeur. Enivrante. Obsédante. Mélange de sueur, d'huile de vidange et scories métalliques. Une fragrance qui vous colle à la peau, aux vêtements, et dont il est impossible de se débarrasser. Même après plusieurs douches et lessives. Même après s'être aspergé de parfum ou d'eau de toilette. Ou alors, il faut ne plus retourner dans cette usine. Mais cela n'est pas une option dans cette contrée où aucune autre activité économique n'est visible à des centaines de kilomètres à la ronde.

Par la petite lucarne en double vitrage qui me fait face, derrière ces rangées de machines infernales, le ciel cotonneux très sombre et les cimes des arbres couvertes de neige me rappellent combien l'hiver de cette année est rigoureux. Mais l'ouverture est trop haute et moi trop petit pour apercevoir le pied de ces vaillants conifères, le chemin qui les longe et, un peu plus loin, les premières maisons du bourg, éclairées et décorées.

Le seul paysage auquel mes yeux ont accès consiste en ces quelques machines odorantes et bruyantes, et ces murs jaunis par le temps, à peine égayés par une poignée de posters ou calendriers promotionnels.

Au plafond, haut d'une dizaine de mètres, des rangées de tubes au néon, alignés comme les sillons d'un champ fraîchement labouré, déversent sur la grande salle de production une lumière blafarde et froide, qui contraste avec la température parfois excessive qui règne dans ces lieux. Plus que jamais aujourd'hui où l'activité a passé la surmultipliée et la cadence s'est emballée. Tout doit être impérativement clôturé pour ce soir. La bonne nouvelle, c'est que la journée ne fait que commencer. La mauvaise nouvelle, c'est que la journée devant nous s'annonce bien longue…

Un tapis. Un levier. Une molette. Un boîtier. Un bouton. Une molette. Un levier… Ce pourrait être un jour d'hiver comme un autre, mais ça ne l'est pas. Le calendrier à moitié moisi, accroché par je ne sais quel miracle d'équilibre sous la fenêtre avec un vieux clou rouillé, est là pour le rappeler : aujourd'hui, c'est le 24 décembre. Jour de la Sainte-Adèle, grand-mère de Saint-Grégoire d'Utrecht… sans doute une époque où la sainteté était héréditaire.

Il y en a qui se réjouissent à l'avance d'un réveillon où tout ne sera que fête, joie, rires, bonne humeur, lueurs scintillantes dans les yeux des enfants et jolis paquets sous le sapin. Il y en a pour qui ce sera un calvaire de supporter la fête, la joie et le rire des autres. Et puis il y a tous les autres qui n'en ont rien à faire et pour qui cette soirée ressemblera aux autres, ni plus ni moins, bien au contraire.

Un tapis. Un levier. Une molette. Un boîtier. Un bouton. Une molette. Un levier… Et puis il y a nous, besogneux ouvriers, bloqués dans notre usine. Interdiction formelle d'en sortir, depuis la prise de service il y a trois jours, jusqu'à nouvel ordre. La grande porte d'entrée de l'atelier est gardée par deux sbires qui se relaient nuit et jour et ne l'ouvrent que pour laisser passer le — maigre — ravitaillement. Une seule pause toilette est tolérée toutes les quatre heures et les fumeurs sont priés de s'abstenir. Les restrictions sont prévues d'être appliquées tant que toutes les commandes n'auront pas été honorées dans les délais.

Nous voilà donc condamnés à mettre les bouchées doubles, passer la triple vitesse pour accélérer le mouvement et avancer quatre à quatre pour atteindre cet objectif. Aucun retard ne sera toléré, le grand patron nous l'a dit et répété plus que de raison.

Tomber les masques

Il a été intraitable sur le sujet. Comme jamais il ne l'a été. À croire que la baisse des températures a gelé son sens des réalités. Oh, bien sûr, il y a eu de timides tentatives de le faire fléchir, de le rendre aussi bonhomme et humain que lorsqu'il se produit en public. Mais rien à faire. Dans l'intimité de son usine, loin de la lumière des projecteurs, il mène tout son petit monde d'une poigne de fer. Pas une seule de nos têtes ne doit dépasser des rangs, sous peine de nous voir affectés à des tâches subalternes, voire avilissantes. Nettoyer les écuries voisines en fait partie. C'est loin d'être rigolo, surtout en plein hiver, avec le vent froid qui souffle en rafale et qui s'engouffre dans les moindres espaces entre les planches de bois servant de parois. Si Augias s'est, un jour, réincarné, il n'est pas impossible que ce soit ici et maintenant.

Un tapis. Un levier. Une molette. Un boîtier. Un bouton… et puis non. Pas de molette. Pas de levier. J'ai baissé la tête depuis trop longtemps. Je ne marche pas. Je ne marche plus. Cette fois, il a suffi d'une remarque déplacée, d'une intonation inadaptée et de mots maladroits du contremaître pour que la belle mécanique humaine s'enraye. La petite goutte d'eau qui fait déborder mon vase. Je décide soudain de tout arrêter, sans préavis. Dans le même geste spontané, tous les préposés à la chaîne de montage, arrimés à leur outil de travail comme peuvent l'être des moules sur leur bouchot, décident de m'emboîter le pas et de débrayer à leur tour.

En quelques secondes, le brouhaha incessant et lancinant devient silence. Un mélange d'incrédulité et de crainte peut se lire sur tous les visages. Personne ne sait jusqu'où ce mouvement spontané va nous mener, mais chacun est conscient que ces minutes perdues sur la chaîne de montage vont devenir des heures de retard au bout du processus de livraison. Et des heures de retard un 24 décembre, non, ce n'est pas concevable.

Le contremaître lui-même n'en croit pas ses yeux. Jamais, depuis toutes ces décennies à contremaîtriser ce qu'il peut, tant bien que mal, il n'a vécu un tel scénario. Mais il n'a pas le temps de chercher dans les méandres de son cerveau trop rudimentaire les connexions neuronales capables d'initier un semblant de réaction que le grand patron, en personne, surgit de son bureau.

Dérangé par le silence assourdissant de son usine devenue inerte, il est là, en haut de son petit escalier, dans son habit de lumière, fixé par 245 paires d'yeux écarquillés. En réalité 244, car Momo, le préposé à l'alimentation en rivets des machines à riveter, est borgne depuis qu'une de ces petites tiges métalliques avait eu l'indélicatesse de finir sa trajectoire dans son œil droit plutôt que dans le boîtier pour lequel elle était destinée.

Informé par le contremaître de l'origine de cette situation inédite, le grand patron me désigne du doigt et me fait signe de monter sans délai dans son petit bureau. S'ensuit un vif échange d'homme à demi-homme — son volume corporel est certainement le double du mien — qui semble le déstabiliser au fil des minutes. Il n'a pas l'habitude d'une telle résistance et bien vite, sa belle assurance s'effrite, sa carapace se fend. Comme si David terrassait une nouvelle fois Goliath.

La pression de ce jour spécial de l'année, les demandes toujours plus importantes et les moyens toujours plus limités avaient finalement eu raison de sa raison. Ce qui, par le passé, ressemblait à une joyeuse petite entreprise familiale, avait basculé dans le gigantisme et la course au rendement et à la performance. Lui-même avait sombré dans le côté obscur de la force, obnubilé par la seule obligation d'être au rendez-vous au jour J et à l'heure H.

Derrière ses grosses joues un peu rouges — pas uniquement à cause de la chaleur ambiante — ses petits yeux s'embuent peu à peu. Inexorablement. Irrésistiblement. Définitivement. Le voilà redescendu de son étoile noire, soudain conscient d'avoir, cette fois, poussé le curseur trop loin. Il finit par me prendre avec autant d'affection que de vigueur dans ses gros bras. Je me dis, l'espace d'un instant, que s'il continue à me serrer comme ça, je vais ressembler à un sachet de gressins coincé au fond d'un cabas de courses sous un pack de bouteilles d'eau minérale…

Il finit par reconnaître que cette décision de nous retenir ici est la plus grosse bêtise qu'il ait jamais faite dans sa vie et c'est tout juste s'il n'implore pas mon pardon à genoux. J'en suis extrêmement gêné et m'évertue à le rassurer : quelques mots d'excuses et d'encouragement prononcés à l'ensemble des ouvriers devraient suffire à apaiser tout le monde.

Reprenant place en haut de son petit escalier, dans son habit de lumière, fixé par 489 yeux écarquillés, il commence un vibrant plaidoyer, d'une voix puissante à faire trembler tous les murs de l'usine. Les mots employés, aussi, sont forts et l'émotion gagne petit à petit toute l'assemblée et ses 245 bouches bées.

La promesse, sincère, d'une « libération » immédiate, d'une prime exceptionnelle et d'une semaine de vacances offerte dans la foulée si tout le monde se remet au travail, finit par déclencher une salve d'applaudissements et de cris de joie. Une allégresse qui dure trois bonnes minutes avant que le calme ne reprenne le dessus. Les étoiles brillant dans les yeux de mes collègues que je peux croiser en redescendant l'escalier en disent long sur leur reconnaissance et leur soulagement.

Une molette qui tourne pour libérer le boîtier. Un levier que je pousse pour redémarrer le tapis roulant. Comme soulagée de cette issue positive, la chaîne se remet bruyamment en branle. Mais personne, dans l'atelier, ne trouve à redire à cette pollution sonore, comme si les annonces du grand patron nous avaient procuré une immunité collective. Comme par enchantement, nous voilà portés par un élan nouveau qui a pour effet de faire rapidement exploser tous les compteurs de cadence : nous allons même réussir à terminer en avance sur le planning et c'est une formidable ovation qui accueille l'emballage du dernier boîtier dans l'ultime caisse d'expédition.

Tomber les masques

Et moi ? Je plane plus que jamais sur mon nuage, désormais auréolé d'une aura exceptionnelle auprès de mes camarades. Tous sont prêts à m'ériger une statue digne de mon nouveau statut de fin négociateur. Maintenant, quand je mettrai un pied devant l'autre pour marcher, je pourrai garder la tête haute. Cette fois, il y aura un avant et un après et aucun des deux ne se ressemblera.

Au fond, peu importe si les enfants du monde entier ne savent jamais que c'est sans doute grâce à moi que l'atelier du Père Noël a continué à fonctionner ce 24 décembre.

Sept pieds

« Ni les victoires de Jeux Olympiques, ni celles que l'on remporte dans les batailles, ne rendent l'Homme heureux. Les seules qui le rendent heureux sont celles qu'il remporte sur lui-même. »
Épictète

Il fait beau, il fait chaud et un parfum d'Histoire flotte dans l'air. Sauf qu'un tel parfum ne sent rien, en fait. Pas plus qu'un stade qui peut contenir jusqu'à 80 000 spectateurs. L'heure matinale y est sans doute pour beaucoup. J'espérais que cela ferait un boucan d'enfer, mais même pas… Cela m'a saisi à peine le sac posé dans le vestiaire. Pas le moindre bruit venu de l'extérieur. Comme si ce vestiaire était totalement coupé du monde et que rien ne s'y passait. Même pas un soupçon de petite odeur de camphre ou d'huile de massage. Rien d'autre que le propre, l'aseptisé.

Mais ce n'est qu'une question d'heures, de minutes peut-être. Car il va s'en passer des choses ! Aujourd'hui n'est pas un jour comme les autres : ce n'est, ni plus ni moins, que le début des épreuves d'athlétisme des Jeux Olympiques. Excusez du peu !

Dire que ça fait quatre ans que j'attends ce moment ! Quatre ans depuis la dernière édition, où j'avais franchi le stade des qualifications, mais n'avais guère brillé en finale. La cérémonie protocolaire et la remise des médailles, je ne les avais vues que de très loin. Je n'en avais éprouvé ni rancœur ni jalousie. L'objectif était d'y être, de participer et il avait été atteint, pour la plus grande satisfaction des sponsors et des entraîneurs et, accessoirement, de mon ego qui n'avait plus été à pareille fête depuis bien longtemps. Peu importe si je n'avais pas été plus vite, plus haut ni plus loin que les autres. J'y étais, et cela avait largement suffi à mon bonheur.

Les quatre années qui ont suivi, il avait fallu tout de même reprendre à zéro tout le parcours du combattant pour regagner une place au soleil. Pas de passe-droit ni de tour gratuit, personne n'avait, de toute façon, décroché aucun pompon. Cela avait commencé avec les meetings régionaux, puis les championnats nationaux, d'Europe, du Monde… Avec, comme unique objectif, celui d'atteindre les minima imposés pour faire partie du casting olympique. Ce fut fait, non sans mal, lors de la dernière compétition à laquelle j'avais participé. C'était du quitte ou double et ce soir-là, comme en état de grâce, ce fut double.

Tout s'était parfaitement bien enchaîné : les conditions météo idéales et la légèreté de l'ambiance générale avaient grandement aidé. L'entraînement intensif des jours précédents et l'adrénaline du moment présent avaient fait le reste.

Alors forcément, je savoure ce jour particulier, surtout que je sais très bien qu'il n'y aura pas de séance supplémentaire dans quatre ans. Gagner confortablement sa vie en la passant dans des stades d'athlétisme, c'est réservé à une élite qui court très vite ou bien qui saute très haut. Pour les besogneux comme nous, c'est autre chose. Le lancer de poids ne fait pas souvent rêver les foules. Et encore moins les mécènes.

Même notre terrain de jeu est réduit à la portion congrue. Là où les plus fins s'éclatent sur des pistes de 400 mètres de long ou sur des sautoirs bien aérés avec des gros matelas particulièrement moelleux à l'autre bout, nous devons nous contenter d'un cercle de deux mètres dix de diamètre — c'est-à-dire sept pieds, merci aux Américains, inventeurs des règles de base ! — et d'une bande de gazon qui ne va guère plus loin qu'une trentaine de mètres… Ce n'est pas trop l'image que l'on se fait du paradis sur terre.

Et je ne parle pas des faveurs esthétiques dont nous sommes privés à tout jamais. Des canons de la beauté, nous n'avons pris que les boulets. Plutôt ronds et lourds. Pas de quoi vraiment faire fantasmer les ménagères de moins de 50 ans ni susciter des vocations chez les jeunes générations qui ont le courage de franchir les grilles d'entrée des clubs d'athlétisme.

Et pourtant, dans la famille des Dieux du stade, nous avons toute notre place. Et pour rien au monde je ne voudrais la changer. L'excitation des derniers moments de calme dans le vestiaire, la magie de l'instant lorsque la sortie du couloir donne directement dans le stade, la vision de la vasque dans laquelle brûle cette flamme olympique haute en symboles : tout cela n'a pas de prix.

Bien sûr, à l'heure des qualifications, la foule est plutôt clairsemée dans les tribunes. Et plus rares encore sont les spectateurs qui se trouvent du « bon » côté, celui où nous sommes cantonnés, au bout du bout du terrain. Mais ce soir, à l'heure où se disputera la finale de ce concours du lancer de poids, les sièges vides se compteront sur les doigts d'une main et ce sont presque 160 000 fesses qui n'auront d'yeux que pour tous ces coureurs, sauteurs et lanceurs qui se partageront l'affiche.

En attendant, il n'est que 10 heures du matin. Les restaurants des hôtels sont encore bien bondés pour le petit-déjeuner, pendant que les fêtards de la veille sont toujours dans les bras de Morphée. Dans le village olympique, en revanche, à quelques minutes de là, l'activité est déjà intense. Hormis les éliminés ou ceux déjà médaillés, qui se sont autorisés quelques petits extras avant de devoir faire leurs bagages aujourd'hui, rares sont ceux qui ont choisi l'option grasse matinée. Un sportif de haut niveau, ça ne traîne pas au lit. Même sans l'obligation de se retrouver au stade olympique dès 9 heures.

Le soleil est déjà monté bien haut dans le ciel azur et il n'en a pas terminé avec son ascension estivale. Sur le plancher des vaches, au cœur de l'arène, se débattent les décathloniens. Ils vont exécuter, toute la journée, la moitié de leurs travaux d'Hercule et ils remettront ça dans la joie et l'allégresse dès demain.

De l'autre côté du stade, voilà les sauteuses en hauteur. Avec leur physique hyper-longiligne, façon fil de fer. Dépourvues de toute forme superflue, elles affichent un indice de masse graisseuse proche du zéro absolu... Il faut de tout pour faire un monde.

Évidemment, le contraste avec les lanceurs, qu'ils soient de poids, de disque ou de javelot, est plus que saisissant. Les belles et les bêtes... Les gros nounours et les frêles gazelles... Ils n'oseraient pas en serrer une dans leurs bras, ils auraient trop peur qu'elle se casse. Ça ferait un peu trop désordre.

Assez rapidement, pourtant, tout ce décor disparaît. Les clameurs s'estompent. Même les cris de joie ou de rage des autres athlètes réussissant leur essai ou échouant dans leurs tentatives se mettent en mode silence. En même temps que le sort, les premiers poids vont bientôt être jetés. L'heure est à la concentration, à la dissolution de l'atmosphère ambiante dans son propre univers, au contrôle de la respiration et des émotions.

Je suis là, fidèle à mon poste, prêt à payer de ma personne pour aller chercher l'exploit improbable. Et rien n'est laissé au hasard : chaque geste devient millimétré, répété, peaufiné. Les pensées parasites prennent la porte, expulsées du cortex cérébral. Le champ de vision, lui, se réduit désormais à ce cercle de béton de sept pieds de diamètre et à la zone d'herbe attenante en direction des tribunes du virage opposé. Tout le reste autour n'existe plus, y compris le poids des maux.

Le cérémonial est immuable, que ce soit dans un stade perdu en rase campagne ou bien dans cet immense vaisseau de béton et d'acier : le survêtement qui tombe ; la combinaison moulante bien ajustée ; le passage obligé par le petit sachet de magnésie, pour un maximum d'adhérence ; la boule de métal prise en mains, cajolée, caressée, portée à la jonction de l'épaule et du cou dans un geste qui, à chaque fois, me ferait presque frissonner si le contexte s'y prêtait.

Dos à l'aire d'atterrissage, la position est invariablement la même : jambe d'appui fléchie et corps recroquevillé, avant que toute la machine ne se mette en route, dans un leste, mais énergique glissement vers l'arrière, accompagné d'une brusque rotation du buste en direction de la terre promise. Le mouvement est d'une fluidité parfaite, à la limite de la grâce, en dépit du quintal de chair déplacé. Le regard planté dans le ciel, à la recherche d'un objectif imaginaire au-delà de l'horizon, le bras droit se détend comme un ressort, propulsant une sphère métallique de 7,26 kg ainsi libérée de son entrave. On dirait presque Spoutnik, les antennes en moins, s'élevant au-dessus du monde, ivre de liberté dans l'infinité d'un espace qui lui appartient.

La trajectoire est d'abord rectiligne, parfaite, sublime, avec un angle quasi-idéal de pénétration dans l'air, avant que la loi de la gravitation ne finisse par reprendre le dessus. La ligne droite devient alors parabole. Le temps suspend presque son vol.

Le spectacle est aussi fascinant que la chute est, ensuite, décevante. Presque affligeante. Quoique tellement inéluctable. Car c'est évidemment le nez dans le gazon que tout ça se termine. Laborieusement, Lourdement. Presque tristement.

Pouffff...

Le bruit est sourd, étouffé par la souplesse de l'herbe qui atténue à peine la violence du choc. Seule une empreinte profondément marquée dans le sol témoigne de la lourdeur de l'impact. À la pureté d'une courbe flirtant avec la perfection, comme Icare avec le soleil, succède la banalité consternante d'une boule de métal gisant à terre, comme désemparée. Tout ça pour ça.

En attendant que l'on vienne me ramasser, à plus de 20 mètres de mon point de départ, je peux vous assurer que la vie d'un poids lancé par des gros costauds, ce n'est pas toujours une sinécure.

Apparences

« L'apparence requiert art et finesse ; la vérité, calme et simplicité. »
Emmanuel Kant

La scène semblait irréelle. Et pourtant ! Sous les jolis yeux de Nadia Moreau, délicatement soulignés d'un fin trait de crayon noir, pour en faire deux papillons bleus, comme dans la chanson, le spectacle était navrant. Voire affligeant. Un homme, à l'embonpoint bien portant, jouait au Père Noël devant la vitrine d'un grand magasin marseillais, le long des Voûtes, au pied de la cathédrale de la Major.

En soi, cela n'aurait rien eu de choquant si, premièrement, cet homme n'avait pas, selon toute vraisemblance, largement dépassé la dose d'alcool prescrite par le bon sens (d'autant plus qu'il n'était que 11 heures du matin) ; si, deuxièmement, il avait eu la décence d'enfiler un pantalon, ce qui aurait évité d'exposer à la vue de tous un caleçon rayé blanc et bleu d'un autre âge et des chaussettes tout aussi *vintages* retenues par des fixe-chaussettes et si, troisièmement — et cela aurait pu être mentionné en premier — la date choisie pour sa prestation scénique n'avait pas été le 29 novembre, jour de la St Saturnin.

Déambulant sur le trottoir, il suivait une trajectoire qui aurait pu rendre fou n'importe quel tireur d'élite embusqué désireux de lui coller une balle dans la peau… à condition de viser ailleurs que dans la bidoche, sous peine de voir le projectile se dissoudre dans le tas de graisse. Au bord de la perte d'équilibre à chaque pas, il parvenait, on ne sait trop par quel miracle, à éviter de s'affaler au pas suivant, avant de recommencer le même exercice d'acrobate dans la foulée. Le spectacle était, à lui tout seul, fascinant. Il était toujours debout.

Les passants ne savaient trop que penser – étaient-ils seulement équipés pour ? – et préféraient faire ce que tout citoyen moyen fait le mieux dans ce genre de situation : passer son chemin (ce qui est le propre du passant, après tout), l'air de rien, sans trop détourner la tête pour ne pas laisser croire aux autres qu'il a prêté une quelconque attention à un individu qui, visiblement, n'en méritait pas. Mais en détournant suffisamment la tête, quand même, pour se repaître de la scène.

Du coup, elle, qui n'avait jamais vu une chose pareille, hésitait entre le rire et la désolation, entre la moquerie et la pitié. Mais avec l'uniforme de policière municipale qui était le sien, qui plus est en plein service, elle n'avait guère le choix. Elle ne devait s'en remettre qu'à sa seule empathie naturelle et à ses formations passées à l'apprentissage de stratégies opérationnelles de gestion d'une situation donnée, basées sur les fondamentaux de la communication.

Casquette vissée sur la tête ; veste à dominante bleu foncé, ponctuée d'éléments de couleur bleu gitane ; pantalon bleu foncé avec un passepoil vertical du même bleu le long de chacune des deux jambes ; menottes et arme de service accrochées à la ceinture, dans le plus strict respect de l'Arrêté du 5 mai 2014 relatif aux tenues des agents de police municipale en application de l'article L. 511-4 du code de la sécurité intérieure, Nadia s'avança vers celui qui, finalement, n'était peut-être que le Père Saturnin — bien qu'il n'avait rien d'un canard, même pas boiteux — pour tenter d'entrer en interaction.

– Bonjour belle madame.

Ce fut lui qui dégaina le premier, avant même qu'elle n'ait eu le loisir de réfléchir à la façon dont elle allait s'approcher de lui.

– À quelle heure passe le train ?

Être confondue avec un contrôleur de la SNCF aurait, en temps normal, suscité en elle une poussée hormonale soudaine et fulgurante capable de la faire se jeter sur son interlocuteur, lui asséner une prise de self-défense suivie d'une immobilisation au sol imparable. Mais face à une situation inédite comme celle-là, la réponse se devait aussi d'être à la hauteur.

– Vous n'êtes pas sur le bon quai, Monsieur, laissez-moi vous y emmener, se contenta-t-elle de répliquer dans le plus grand calme, arborant son plus beau sourire. Ce même sourire qui lui avait permis, quelques années plus tôt, d'être élue Miss Fanny lors de la traditionnelle fête estivale du club de pétanque dans lequel elle avait, avec son père et ses deux frères, ses habitudes (leur chien aussi, mais il ne jouait pas aux boules, se contentant uniquement de lécher les siennes régulièrement, pour le plus grand plaisir des enfants qui aimaient le regarder faire).

Prenant délicatement le bras gauche de l'individu, pour le rassurer et le mettre en confiance, elle parvint à stabiliser quelque peu sa démarche. Elle aurait préféré profiter du beau temps pour se rendre à pied vers la cellule de dégrisement de son commissariat, à quelques centaines de mètres, de l'autre côté de la cathédrale. Mais les raisons de service ayant des raisons que la raison ignore parfois, elle n'avait d'autres choix que de l'emmener à bord du Citroën C3 Picasso de sa patrouille.

Leur arrivée dans les locaux de la police municipale ne suscita pas d'émoi particulier. C'est que, des énergumènes comme celui-là, ces dernières années, il y en a eu un paquet. Cela pouvait se compter par dizaines, sans même qu'il faille faire appel au facteur multiplicatif exagérateur qui sied si bien à la cité phocéenne. Ce n'était pas un demi-Père Noël, demi-Belmondo dans *Le Guignolo*, qui était de nature à bouleverser la joyeuse fourmilière du commissariat.

Tout juste Christian, le rigolo de service — les forces de l'ordre, fussent-elles de la ville, n'échappent pas à cette règle qui veut qu'il y ait toujours un rigolo de service dans toute organisation, quelle qu'elle soit —, commença-t-il à entonner un pathétique « *Petit Papa Noël, quand tu descendras du ciel, avec des jouets par millions. N'oublie pas de mettre ton pantalon…* » Le tout accompagné d'un rire garanti 100 % matière grasse.

Il n'eut heureusement pas le temps de tenter un second couplet que Josiane, la pas rigolote de service — il y en a toujours une aussi qui ne traîne jamais très loin — le coupa dans son élan.

– Non ! Pitié ! Je ne supporte pas les chants de Noël !

Il faut dire que la pauvre vivait en couple avec un baryton-basse du chœur de la Bonne-Mère, un ensemble vocal très en vogue sur la Canebière, qui répétait à partir de la fin de l'été divers chants de Noël en vue des nombreux petits concerts pour lesquels ils étaient régulièrement sollicités.

Nadia préféra ne pas s'attarder dans les locaux massifs et un peu déprimants de la rue Antoine Becker. Surtout pour y subir les assauts humoristiques de ses collègues. Ce qui la faisait kiffer, c'était le terrain. Elle quitta rapidement le commissariat, après avoir confié sa trouvaille au planton de service. Elle n'eut pas le loisir, donc, de croiser le Père Antoine, qui pénétra dans le bâtiment comme un ouragan, environ une minute et vingt-six secondes après qu'elle en soit sortie.

Ce prêtre à l'allure jeune et sportive, animateur dans un foyer d'accueil pour adultes, avait été averti que l'une de ses ouailles, qui répondait au prénom de Jean-Louis — mais que tout le monde appelait Aldo depuis qu'un ami bien intentionné lui avait trouvé une vague ressemblance avec l'acteur Aldo Maccione — avait été emmenée par les forces de l'ordre après avoir été prise en flagrant délit de dérive physique et intellectuelle le long des Voûtes de la Major. Il s'était précipité pour venir le récupérer, non sans avoir dû négocier avec le brigadier-chef Ange Di Giaccomo, Corse de naissance et Marseillais d'adoption. Un cocktail forcément détonant…

Le fond de l'air était doux et ce début d'automne ne manquait pas d'un certain charme. Cette mise en jambes matinale rappelait à Nadia combien Marseille était une ville étonnante et pleine de surprises. Cela lui fit oublier, un temps, le stress que lui procurait la perspective du lendemain, ce dimanche en particulier, qui ne serait pas de tout repos pour elle. Comme tous les ans.

Elle appréciait, fenêtre du C3 Picasso ouverte, la brise qui lui léchait le visage et venait se perdre dans sa crinière rousse. Elle aimait laisser ses pensées vagabonder et était impatiente de pouvoir de nouveau déambuler dans les rues de cette partie de la ville qui était la sienne.

Elle se sentait si bien entre le quartier historique du Panier et le Nouveau Port. Elle adorait flâner par le centre d'affaires de la Joliette et tomber sous le charme perpétuel de la grande tour de la Compagnie générale maritime, la « Zip Tower » aux allures de fermeture éclair, née du talent déconstructiviste de l'architecte irako-britannique Zaha Hadid. Elle se laissait également tenter, régulièrement, par une visite au Mucem dans le cubique bâtiment J4. Agent de la police municipale, certes, mais amatrice d'art aussi. L'un n'est pas nécessairement incompatible avec l'autre.

Tous les jours, cette ville l'épatait. Tous les jours, elle en (re)découvrait les trésors subtils et cachés. Tous les jours, elle était enchantée par la joyeuse animation de sa population bigarrée, cosmopolite, bien que parfois un peu bruyante. C'était à qui parlerait le plus fort en faisant les gestes les plus amples. Les Italiens y trouvaient, en la matière, de sérieux concurrents.

Au fil des heures, le soleil grimpant au zénith, elle se laissait envahir par le doux réchauffement progressif de l'atmosphère. La plupart du temps, ses patrouilles s'effectuaient à pied. Cette « proximité » dévolue à la police municipale lui convenait parfaitement et elle savait très bien que sa gouaille couleur locale — elle était née quelques rues plus au sud, à deux pas du Parc Borély — avait permis de désamorcer bien des tensions, généralement issues de motifs tellement futiles.

Elle vivait Marseille, dormait Marseille, respirait Marseille et pour rien au monde elle n'aurait voulu changer d'horizon. Mais elle savait que demain, dimanche, ce serait une tout autre paire de manches, et que les temps seraient bien moins doux…

Un salut de la main à Carla, la coiffeuse de la rue de Forbin ; un petit mot échangé avec Kamel, le boucher halal du boulevard des Dames ; quelques minutes de discussions avec Momo, Ludo, Kevin, Vanessa et tous leurs copains fans de l'OM, au pied des hideuses barres d'immeubles de l'esplanade de la Tourette qui, pourtant, rayonnaient à ses yeux d'un certain charme à la fois désuet et presque romantique… Ses journées s'écoulaient généralement au rythme de ces rencontres souvent improvisées, entrecoupées, parfois hélas, d'interventions moins bien agréables. Voies de fait, incivilités, vols à la tire, cambriolages, quelques rares agressions physiques (et occasionnellement plus encore…) faisaient aussi partie de son quotidien.

Elle préférait ne pas y penser. Mais la perspective d'un dimanche agité la rappelait soudain à la dure réalité du moment. En même temps que le soleil déclinait sur l'horizon bleu-gris d'une Méditerranée paisible et gardant encore un peu de chaleur, elle sentait monter en elle cette angoisse qu'elle avait déjà vécue il y a un peu plus d'un an. Nadia allait devoir prendre sur elle et se montrer plus forte que d'habitude.

Cette journée était finalement passée à une vitesse folle, ce qui la rapprochait à grandes enjambées du lendemain. Elle aurait tant voulu être au jour suivant ce jour d'après. C'est en tous les cas ce qu'elle se disait en quittant le vestiaire du commissariat, sur les coups de 20 heures, après avoir enfilé une tenue civile plus relaxe, jeans, sweat-shirt et baskets, petit sac à dos à l'épaule et cheveux au vent.

Elle avait normalement une dizaine de minutes de marche à pied avant d'arriver chez elle, mais elle ressentait l'envie de flâner un peu, de prendre son temps, de ne pas suivre la voie la plus courte pour faire le chemin. Il lui fallait faire le plein d'ondes positives, d'énergies vivifiantes avant le « grand » jour du lendemain. Jour de match. Et pas n'importe lequel : le « Classico » ! La venue du Paris Saint-Germain qui allait mettre le feu au Stade Vélodrome, mais qui allait aussi faire trembler devantures et vitrines dans les rues tout au long de la journée, au fur et à mesure où supporters parisiens et marseillais seraient amenés à se croiser.

Elle savait que l'ensemble des forces de l'ordre disponibles serait mobilisé, avec du soutien en personnels venus d'Avignon et qu'elle serait, elle aussi, aux premières loges pour ce rendez-vous qui ne ressemblait à aucun autre dans la ville, voire la région. L'arrivée en territoire marseillais des gens de la Capitale était un sujet de tension éternel et encore plus quand il y était question de rivalité sportive. Et encore encore plus quand, inexorablement, saison après saison, la force financière du PSG dévorait tout sur son passage, ne laissant que quelques miettes à l'OM.

Elle aimait répéter à l'envi qu'elle n'était pas spécialement fan de football, ce qui en faisait un être un peu à part dans le milieu très macho où elle passait le plus clair de ses journées. Et encore encore encore plus sur les bords de la Cannebière où la religion du ballon rond attirait plus d'adeptes que les églises, mosquées, synagogues, temples et tripots clandestins réunis. Il se trouve que LA grand'messe était prévue pour ce dimanche et que ça allait forcément swinguer sous les soutanes, les djellabas et les kippas.

Nadia était perdue dans ses pensées, à deux pâtés d'immeubles de chez elle, lorsque son regard et ses oreilles furent attirés par une scène encore plus irréelle que celle avec laquelle elle avait débuté sa journée. Sur la terrasse d'un petit troquet, repaire du groupe de supporters des *Cavalièr Marselha* (les chevaliers de Marseille, en occitan), elle vit une grande partie de tous ceux qui avaient égayé sa journée. Elle ne fut pas surprise, outre mesure, d'y retrouver Momo, Ludo et Kevin, dont elle avait appris, au fil de leurs échanges animés, qu'ils étaient de fervents membres de cette bande de fanas des Bleus et Blancs, ayant le virage nord du stade Vélodrome comme résidence secondaire.

Mais ce qui manqua de peu de la mettre sur les fesses fut de voir son faux Père Noël, maillot de l'OM sur le dos, en train de trinquer avec le brigadier-chef Ange Di Giaccomo, maillot de l'OM sur le dos, sous le regard joyeux et complice d'un homme à l'allure jeune et sportive. Son col romain trahissait son appartenance au clergé, mais c'est bel et bien une écharpe bleu et blanc de l'OM qui lui couvrait largement les épaules. Elle aurait vu au même moment deux extra-terrestres verts avec des antennes clignotantes roses qu'elle n'en aurait pas été davantage surprise.

Elle voulut en avoir le cœur net et alla droit à leur rencontre.

– Vous avez raté votre train ? demanda-t-elle tout de go à son voyageur égaré, qui marqua un temps d'arrêt en voyant débouler sur elle ce petit bout de femme en jean, qui n'avait évidemment plus la même allure qu'avec sa tenue de cheffe de gare de la police. Di Giaccomo, qui ne s'attendait pas non plus à une telle apparition, faillit avaler de travers sa gorgée de bière. Quant au prêtre, sans trop savoir quoi dire et encore moins quoi faire, il se contenta de faire profil bas et de tremper ses lèvres dans son verre de pastis. S'il avait pu se faire tout petit et se cacher tout au fond de son tabernacle, il ne se serait pas fait prier.

– C'est quoi cette histoire de train, Moreau ?, interrogea Di Giaccomo, plus amusé qu'autre chose.

– Demandez à votre copain, qui se baladait à moitié déshabillé devant les Voûtes et plein comme une outre à 11 heures du matin. Vous ne l'avez pas vu à la brigade tout à l'heure ?

Le brigadier-chef acquiesça, mais jugea bon de préciser que les apparences étaient parfois trompeuses. Une phrase qui n'était pas tombée dans l'oreille d'une sourde. Le prêtre toussota pour se faire remarquer et prit la parole.

— Excusez-moi, mademoiselle, mais je vous dois quelques explications. Je suis le Père Antoine et il se trouve que Jean-Louis, ici présent — mais vous pouvez l'appeler Aldo — n'a jamais été l'ivrogne que vous imaginez.

Tiens donc, quelle surprise !

— C'est juste que nous devions trouver un moyen rapide d'entrer en contact avec votre brigadier-chef afin de régler, à l'avance, quelques dispositions en vue du *Classico* de dimanche. Alors j'avoue que j'ai mis en scène ce petit scénario pas très catholique : son ivresse fictive, son arrestation bien réelle, et ma venue en pseudo-urgence au commissariat sous le couvert d'un foyer pour adultes à la recherche d'un de ses pensionnaires. Il se trouve qu'avec Ange, le courant est tout de suite passé et que nous avons finalement joué cartes sur table. L'entente a été si forte que nous avons décidé de nous retrouver ici, paisiblement, pour mettre au point nos programmes pour demain.

Le coup était énorme et tellement « couleur locale ». Cela pouvait-il s'être produit ailleurs qu'à Marseille ? Ainsi donc Di Giaccomo était-il une sorte d'infiltré au sein de ce groupe de supporters, qui ne s'était pas toujours illustré de la plus belle des manières par le passé.

Cela dépassait tout ce que Nadia aurait pu imaginer. Peut-être cela permettrait-il de garantir un minimum de sérénité et de calme quand il en faudrait, même si les ardeurs nationalistes canal historique du brigadier-chef — qui ne manquait jamais une occasion d'exhiber sa tête de Maure au bandeau blanc tatouée sur son épaule — n'étaient un secret pour personne. Mais la raison d'État pouvait aussi très bien prendre le pas sur la raison du cœur.

C'était en tous les cas le vœu pieux de Nadia qui accepta bien volontiers de partager un verre avec ce trio de pieds pas toujours nickel. Elle se contenta d'un diabolo fraise et laissa la tournée alcoolisée à ses compagnons d'un soir. Au moment de les quitter, deux heures plus tard, elle espéra secrètement que les effluves éthyliques de table se soient évaporés pour le lendemain, sous peine de rendre de nouveau la situation ingérable.

Rentrée chez elle, douchée et détendue, une pomme bio et un yaourt avalés, elle prit encore un peu de temps pour elle, mollement allongée sur son lit, son casque sur les oreilles. La musique qui traversait ses tympans n'était pas trop forte et elle ne faisait même pas attention aux paroles. Elle voulait juste avoir quelque chose dans la tête qui lui donne l'occasion de ne pas (trop) avoir à réfléchir.

Elle se repassait pourtant en boucle cette phrase anodine de Di Giaccomo « *Il ne faut pas trop se fier aux apparences* ». Sans doute ne se rendait-il pas compte à quel point il avait tapé dans le mille, se convainquit Nadia, au visage illuminé par son sourire de Miss Fanny.

Elle ferma les yeux, apaisée, prête à rejoindre Morphée, en serrant tout contre elle un gros coussin aux couleurs bleu et rouge du Paris Saint-Germain, le club qu'elle avait toujours adulé dans le plus grand secret.

Fils de Lorentz

« Tout le monde n'est pas capable d'être heureux. Il y a des couples qui, simplement, ne sont pas malheureux. Il y a ceux qui sont heureux et ceux qui sont très heureux. Pour ceux-là, le mot bonheur ne suffit pas. »
René Barjavel

Si on apprécie autant le jour à sa juste valeur, c'est parce que la nuit existe. À mes côtés, elle a illuminé ma vie, l'a rendue brillante et riche en émotions et en souvenirs. Seulement voilà, le destin est parfois cruel et je me retrouve là, ce soir, en tête à tête avec moi-même. Sans faire de bruit, il y a quelques heures, elle s'est éteinte. Et mon présent avec.

Nous avons passé tant de temps ensemble, qu'il me semble qu'elle a toujours partagé ma vie d'adulte. Vouloir compter les jours, les mois, les années serait comme souiller d'une vulgaire dimension temporelle une relation qui est allée bien au-delà de toute considération trop cartésienne. Elle a été, mais ce soir elle n'est plus. Et cela jette sur mon existence un sombre voile d'une infinie tristesse.

Permettez-moi de remonter avec vous le fil de ce beau roman, cette belle histoire, cette romance d'aujourd'hui, même si ce n'est pas au bord du chemin que nous nous sommes croisés. Je me rappelle de ce premier jour avec une telle intensité qu'il me semble l'avoir vécu hier à peine. C'était un matin. Tôt. Le soleil ne s'était pas encore levé, mais moi, oui. J'avais des révisions importantes à terminer pour préparer mon examen final à l'Université. Je planchais déjà depuis plusieurs jours sur mes cours et plus la date fatidique approchait et moins il me semblait être prêt pour cette échéance qui devait conditionner une grande partie de ma vie future. Je n'en voyais pas le bout, avec le sentiment de m'enfoncer, irrémédiablement, dans un tunnel, sans lumière ni issue.

Elle me rejoignit sitôt les brumes matinales dissipées, dans le ciel de mon esprit. Je ne savais évidemment pas, à ce moment-là, que nous étions appelés à vivre de si belles années ensemble. Pourtant, il est indéniable que, depuis quelques temps déjà, j'avais le sentiment que plus les heures passaient devant mes livres, plus mes gribouillages et mes notes s'empilaient et moins j'y voyais clair.

Toutes ces formules alambiquées de mécanique quantique, tous ces énoncés de la théorie de la relativité, toutes ces histoires de dilatation des durées et de contraction des longueurs s'embrouillaient dans ma tête. Et que dire de tous ces intervalles d'espace-temps entre deux événements et de toutes ces formules de Lorentz ?

Ce physicien néerlandais répondant au doux prénom de Hendrik Antoon, n'avait rien d'un globe-trotter, bien qu'ayant fini ses jours à Haarlem. Mais pour ce qui est de me faire tourner en bourrique, il avait su y faire ! J'avais surtout appris à le détester, et même à le maudire, lui et tous ses travaux sur la nature de la lumière, la constitution de la matière, l'électromagnétisme, la relativité restreinte… Mon aversion pour cette matière était ni relative, ni restreinte, mais je savais qu'il s'agissait d'un point de passage obligé sur le chemin de la carrière de chercheur à laquelle je me destinais. C'est à peine si je parvenais à me consoler en constatant que Lorentz était un nom toujours moins compliqué à appréhender que celui de Schrödinger. C'est dire à quel point j'en étais réduit pour trouver des éléments positifs…

C'est donc à ce moment-là de ma vie de jeune adulte, baignée d'incertitudes, qu'elle ouvrit la porte de mon quotidien. La lumière qui émanait d'elle et qui m'inonda en ce beau matin fut vraiment une révélation pour moi. Sans avoir l'air d'y toucher, elle m'apporta un éclairage nouveau sur ces théories barbares et j'eus soudain l'impression que tout devenait extrêmement clair et limpide.

Je repris toutes les notes accumulées les semaines précédentes, les considérant alors sous un jour nouveau. Et, comme par enchantement, les nœuds se dénouèrent et les impasses s'ouvrirent, telle la Mer Rouge obéissant au bras tendu par Moïse. J'en vins même à me demander comment j'avais pu ne pas comprendre ce qui, au final, sautait aux yeux.

La note à deux chiffres brillamment obtenue à cet examen final tant redouté finit de me convaincre que sa présence auprès de moi allait fondamentalement bouleverser mon existence. Comme une bonne fée qui veillerait sur moi.

J'avais appris, comble de l'ironie, à relativiser beaucoup de choses, et à réellement m'imprégner des subtils écrits et des non moins subtiles théories de ce cher Hendrik Anton Lorentz. J'en étais même devenu un fervent défenseur, capable d'apprécier sa science de manière quasi inconditionnelle. S'il avait eu un compte Instagram, j'aurais été un de ses plus fidèles *followers* et j'aurais *liké* sans cesse ses *stories*. Je me considérais, au minimum comme un de ses disciples, mais plus sûrement comme son fils spirituel…

Rien de ce qui le concernait, de près ou de loin, ne me fut dès lors étranger. Sa pauvre mère, Geertruida, morte lorsqu'il n'avait que quatre ans. Le remariage de son père, Gerrit Frederik, avec Luberta Hupkes, cinq années plus tard. Sa belle histoire d'amour avec Aletta Catharina, sa femme, fille du professeur de l'Académie des Beaux-Arts Jan Willem Kaiser, le concepteur des premiers timbres-poste des Pays-Bas et directeur de ce qui devint, par la suite, le prestigieux Rijksmuseum d'Amsterdam. Ou bien encore le parcours de brillante physicienne de sa fille aînée, Geertruida Luberta.

J'avais également trouvé un angle original de lecture me permettant d'apprécier à sa juste valeur les travaux partagés avec son compatriote Pieter Zeeman, jusqu'à la suprême récompense du Prix Nobel, un an avant celui de Pierre et Marie Curie, « *en reconnaissance des extraordinaires services qu'ils ont rendus par leurs recherches sur l'influence du magnétisme sur les phénomènes radiatifs* ». Je n'oubliais pas non plus moult divers travaux qui lui valurent d'autres prestigieuses médailles : Rumford, Franklin, Copley… De quoi décorer noblement sa poitrine !

Inutile de préciser qu'à compter de ce moment-là, je me suis toujours arrangé pour que ma fidèle complice soit associée, d'une façon ou d'une autre, à toutes les étapes importantes de ma vie. Que ce soit tôt le matin ou tard le soir, elle était là, à mes côtés, imperturbable, m'offrant sa chaleur et une vision tellement plus claire que celle que je pouvais avoir sans sa présence. Comme un phare dans la nuit de mes doutes.

Elle m'a bien sûr aidé, une fois ces examens passés, à rester sur mon chemin. Pas à pas. J'ai poursuivi mon cursus universitaire, épousé la voie de la recherche qui m'était promise et continué à noircir d'annotations et de remarques des pages et des pages de cahiers à spirales, format A4 de préférence, avec des petits carreaux et une marge. Je revenais sans cesse sur les singularités des principes de relativité générale au regard de la théorie pentadimensionnelle à champ scalaire.

Vous n'avez rien compris à la phrase qui précède ? C'est un peu normal. Je n'ai jamais été vraiment doué pour vulgariser les choses les plus complexes… J'ai toujours préféré me complaire dans la difficulté, l'abscons, l'élitisme scientifico-intellectuel. Ça plaît souvent aux filles dans certaines soirées, et ça me permet de briller facilement en société. Ce qui, généralement, n'est pas si compliqué que ça, à condition de bien choisir le cercle dont on veut bien se faire voir. Ce qui vaut toujours mieux que de devoir aller se faire voir, même dans des pays aussi chaleureux et historiques que la Grèce.

Il se trouve que je suis du genre plutôt clean : pas de café ni d'alcool ni de cigarette et, dans mes veines, aucune des substances vénéneuses reprises par le Code de la santé publique, qu'elles soient « dangereuses », stupéfiantes ou psychotropes, pas plus que les médicaments inscrits sur les listes I et II définies à l'article L. 5132-6 dudit Code. À ce degré de perfection comportementale, je m'octroie donc quelques insignifiants défauts dans ma façon d'être et d'interagir avec mes semblables.

Mais je m'égare... Pour en revenir au but de mes recherches, disons, pour essayer de simplifier, que mon objectif est d'unifier deux théories de base : celle de la gravitation (la pomme qui tombe sur la tête d'Isaac Newton pendant sa sieste) et celle de l'électromagnétisme (l'aiguille de la boussole qui s'affole en présence d'un champ électrique variable). Et ça, je ne suis pas certain que même Lorentz y ait pensé. En tous les cas, je n'ai rien trouvé qui tendrait à prouver le contraire.

Ma thèse de doctorat me valut les félicitations les plus chaleureuses du jury, bluffé par mon audace. Elle m'ouvrit une voie royale pour poursuivre mes investigations. J'avais alors quitté mon petit studio d'étudiant dans le quartier des résidences universitaires pour occuper mon tout premier logement bien à moi. Meublé à la Foir'Fouille et au Troc de l'Île, certes, mais j'y étais chez moi et tranquille. Je pouvais enfin m'épargner de subir les beuveries nocturnes de bon nombre de mes condisciples (en un mot, alors que la plupart ne méritaient rien d'autre que d'être toujours appelés de la sorte, mais en deux mots).

Je parle de « mon » logement, mais il serait plus juste d'évoquer le « nôtre ». Car ma complice m'avait évidemment bien vite rejoint : l'espace y était assez grand pour que nous puissions y cohabiter sans peine et sans heurts et sans reproches.

Il y avait tout de même un accord tacite entre nous, une sorte de pacte inviolable, que j'aurais presque pu signer de mon propre sang : notre complicité, aussi forte soit-elle, ne devait en rien empiéter sur notre intimité (à vrai dire, surtout sur la mienne). Il fut donc convenu que jamais elle ne franchirait le seuil de la porte de mes nuits. Quelle que soit l'heure à laquelle nous finissions de travailler, de lire, de regarder la télé, et même si cela était très tôt le matin, elle s'éclipsait avec tact et discrétion lorsque venait le moment, pour moi, de m'enfoncer dans un sommeil que je voulais le plus profond et réparateur possible. Encore que je dois bien avouer qu'en de trop nombreuses occasions, il n'était que léger et trop court pour réparer quoi que ce soit.

Elle aurait pu, à la longue, m'en tenir rigueur, voire en éprouver une certaine jalousie bien compréhensible, surtout lorsque je me trouvais en galante compagnie — quand je vous disais que l'élitisme scientifico-intellectuel plaisait généralement aux filles dans les soirées… Mais non ! Elle savait briller par son absence dans ces moments-là, tout comme elle savait également être présente, en d'autres occasions, lorsque certaines de mes nuits viraient au cauchemar, enveloppées dans le linceul blanc de mes insomnies. Elle ne me repoussait jamais quand, au plus profond de ma détresse, je me tournais vers elle pour me rassurer, me réconforter, apaiser mes angoisses.

Quelques mois plus tard, lorsque ma mère décéda, elle répondit encore et toujours présente, restant auprès de moi durant toutes ces longues heures de solitude intérieure passées à verser, en silence, toutes les larmes de mon corps. J'étais trop fier pour exhiber mon chagrin en public, mais avec elle, je savais que je pouvais me laisser aller, sans retenue, sans limites. Cela restait entre nous.

Il y avait, heureusement, d'autres occasions plus festives pour passer du temps ensemble. Entre les visites des amis, les anniversaires, les célébrations de promotions ou encore les soirées chips-pizza-bière (avec sa variante chips-pizza-Coca pour moi et quelques autres spécimens rares, non alcoolisés) devant des matches de foot ou de hand à la télé, nous ne comptions pas toutes ces heures qui filaient si vite. Autant vous dire que le courant passait vraiment bien entre nous.

Ma vie était plutôt bien rangée. Sans folie. Comme des classeurs de calculs sur une étagère. Comme les petits carreaux de mes cahiers à spirales format A4. Mes réveils étaient très matinaux, souvent dès potron-minet, même en été. Mes journées à l'Institut national de physique nucléaire et de physique des particules du CNRS, où j'avais facilement décroché un poste compte tenu de la qualité de mon CV et de la hauteur de mes notes, se déroulaient selon un rythme régulier et établi. Seuls quelques voyages d'études ou conférences à l'étranger — parfois même hors du continent — venaient y apporter une touche d'originalité, un soupçon de changement.

Il lui arrivait très fréquemment, heureusement, de m'accompagner. Ainsi, nos circuits parallèles nous permettaient de ne jamais nous perdre de vue, quelles que fussent les circonstances. J'avais fini par en éprouver, au fil des ans, une nécessité quasi viscérale. Comme une saine addiction pour nous prémunir de quelconques divisions entre nous. Nous prônions la multiplication des biens sans pour autant nous soustraire à nos obligations.

Nous partions aussi ensemble en vacances, lorsque je prenais le temps d'en prendre. Nous allions généralement à la montagne, où l'air est plus pur. Il ne pouvait en être autrement : elle faisait partie de ma vie et pour rien au monde je ne l'aurais éconduite.

Il demeurait tout de même une exception notoire : lorsqu'il me prenait l'envie de quitter la ville pour aller observer le ciel étoilé, loin du halo lumineux des centres citadins. La rase campagne, la fraîcheur de la nuit, le retour aux sources, le calme nocturne uniquement perturbé par quelques bruits animaliers, ce n'était vraiment pas son truc. Elle préférait rester sagement à m'attendre.

Nous avons vécu comme cela plusieurs années, habitués l'un à l'autre, et réciproquement. Aucune ombre ne vint gâcher cette complicité de tous les instants, cette relation unique que nous partagions. Jusqu'à ce soir…

Tomber les masques

Et me voilà, dans ma solitude, un peu déboussolé, perdu, à veiller à la bougie ma chère disparue… Et je me dis que, si ça se trouve, Lorentz, lui aussi, avait dû en passer de longues heures à la seule lueur d'une flamme dansant sur son socle de cire. Qui sait, d'ailleurs, si cela ne lui servit pas d'inspiration pour son Prix Nobel ?

Je l'imagine, le front penché sur ses notes, la barbe en bataille, sous le faible éclairage d'une bougie. Peut-être même fut-il, par moments, hypnotisé par le mouvement aléatoire de cette petite zone de l'espace dans laquelle siège une extraordinaire réaction chimique exothermique si intense que les particules en deviennent lumineuses, dans des tons féériques de bleu, de blanc très électrique et d'un dégradé de jaune orangé ?

Moi-même je me surpris à fixer cette flamme, sans être capable de dire depuis combien de temps. 10 minutes ? 20, peut-être ? Ce fut comme un déclic. C'est comme si je venais de franchir une zone d'espace-temps sans même m'en rendre compte et qu'entre le début et la fin de ma contemplation, il s'était produit une sorte de téléportation, un voyage temporel, mû par la seule force de ma pensée, en ne faisant rien d'autre que modifier mon état de conscience. Entre magie et hypnose.

Et si j'étais tout simplement en train de titiller la plus sensationnelle découverte de tous les temps ? Et si Lorentz n'avait, au final, amorcé qu'un embryon de raisonnement qui pourrait aller beaucoup plus loin ? Et si c'était moi qui étais destiné à faire de cet embryon un beau bébé joufflu appelé à marquer l'histoire de l'Humanité, avec un grand H comme Hector, mon prénom ?

Ce n'est pas sans une certaine excitation que je décidais d'éteindre cette bougie et de me coucher en laissant mon cerveau s'imprégner de toutes ces informations sensationnelles lui parvenant en masse. Demain sera un autre jour. Je mettrai tout à plat et commencerai à structurer mes réflexions pour mener à bien cette étude approfondie. Et qui sait si je ne trouverais pas aussi la manière de me téléporter dans le sens inverse ?

« Qu'est-ce que le beau sinon l'impossible ? », se serait interrogé, en son temps, Gustave Flaubert. C'était décidé : j'allais partir à la quête du beau, mon Graal à moi, armé de mon stylo en guise d'Excalibur et de mes cahiers à spirales, format A4, avec des petits carreaux et une marge. La voie vers le Prix Nobel semblait toute tracée. À moi la réception avec le roi de Suède et tous les honneurs associés. Hendrik Antoon sera fier de moi. Et nos deux noms cohabiteront au Panthéon de la Science. Plus jamais je ne le maudirai.

Demain, j'irai à la droguerie du coin pour m'acheter un lot de grosses bougies et deux boîtes d'allumettes.

En attendant, je vais continuer à choyer ma très chère lampe de bureau, hélas désormais définitivement hors d'usage, et lui laisser une place de choix dans mon décor Foir'Fouille-Troc de l'Île, toujours auprès de moi pour illuminer autrement mon quotidien.

Sur les rives du canal de la Deûle

« Une des fonctions les plus mystérieuses et les plus constantes du temps est d'élever le hasard à la dignité de la nécessité. » (Jean d'Ormesson)

Longtemps, je me suis levé de bonne heure. Mais pas ce matin. J'ai eu envie de savourer une bonne nuit de sommeil. Ma dernière, peut-être ? Car dans trois heures, nul ne sait ce qu'il va advenir de moi entre les quatre murs de ce laboratoire de recherche quantique hyper secret géré par le Conseil européen pour la recherche nucléaire (CERN). Enfoui à vingt mètres sous terre, quelque part entre Genève et Gex, il est directement relié à l'accélérateur de particules LHC, cet anneau géant de 27 kilomètres de circonférence connu comme étant le plus grand appareil du genre jamais mis en service.

Je me demande encore si j'ai bien fait d'accepter de jouer le cobaye humain pour cette expérience totalement déjantée. Nous avions été 150 à répondre à cet appel lancé il y a quelque mois par le CERN, via une petite annonce qui avait transité sous le manteau, et à laquelle j'avais eu accès par le plus grand des hasards. Cela s'était fait au détour d'une conversation anodine que j'avais eue avec une vague connaissance, amie d'un ami, rencontrée à l'occasion d'une soirée networking au Montreux Jazz Café de l'aéroport de Genève.

Étant célibataire et très heureux de l'être, j'avais fait acte de candidature via une simple lettre de motivation (aucun CV n'était exigé) à une adresse mail que l'on m'avait communiquée. J'avais déjà eu la bonne surprise d'être présélectionné, mais après toute une batterie d'entretiens avec moult spécialistes et d'interminables tests en tous genres, j'avais finalement été retenu. Il ne devait en rester qu'un et ce fut moi !

Tomber les masques

Jusqu'alors, personne parmi les candidats n'avait su précisément de quoi il en retournait. L'annonce rédigée était pour le moins évasive : « *Recherchons Homme ou Femme volontaire, entre 25 et 45 ans, pour une expérience potentiellement dangereuse. Bonne rémunération.* »

Si, rapidement, la question de la « *bonne rémunération* » avait été réglée — avec un chèque comportant 6 chiffres avant la virgule ou bien l'assurance d'une confortable rente à vie pour la personne de son choix au cas où l'expérience « *potentiellement dangereuse* » tournerait mal — rien n'avait filtré sur la nature même de cette expérience.

J'avais dû attendre d'avoir signé des dizaines de documents, décharges, attestations sur l'honneur et autres accords de confidentialité pour être enfin mis au parfum. Il s'agissait de tester, en grandeur nature et sur un être humain, une technologie révolutionnaire — le mot était faible — de distorsion du continuum espace-temps par projection de rayons d'antimatière. En d'autres termes, une machine à remonter le temps. Ni plus ni moins. Le fantasme de générations entières d'auteurs de science-fiction. Une prouesse longtemps jugée purement et simplement impossible par de nombreux chercheurs et scientifiques, travaux très poussés à l'appui.

Je me rappelle avoir souri, sans doute bêtement, lorsque la globalité du projet m'avait été présentée. Je m'étais délecté des *Retour vers le Futur* de Robert Zemeckis, j'avais tremblé devant les implacables *Terminator* de James Cameron et je m'étais même laissé divertir par *Les Visiteurs* de Jean-Marie Poiré. J'avais aussi vu, dans une cinémathèque un peu branchée, ce court-métrage expérimental de Chris Marker, *La Jetée*, qui datait des années 60 et qui proposait déjà des allers-retours à travers le temps.

Avachi dans un fauteuil de salle obscure, un paquet de pop-corn sur les genoux, il était évidemment facile de s'imaginer en voyageur intertemporel. Mais le rôle-titre qu'on m'offrait-là n'avait rien d'une histoire rocambolesque ni d'un scénario digne de recevoir un Oscar.

Ces dernières années, les chercheurs du CERN, qui devaient en avoir un paquet sous les yeux à force de longues nuits blanches de travail, avaient réussi, à deux reprises, à faire disparaître une souris en la bombardant d'antimatière, mais aussi, et surtout, à la faire revenir ! À chaque fois, « l'absence » de l'animal avait été constatée pendant une dizaine d'heures. Le complexe système élaboré dans le plus grand secret permettait, en outre, de paramétrer la date et la position GPS à laquelle il était prévu de télétransporter le sujet.

La première souris avait été « envoyée » deux ans plus tôt, mais il n'avait pas été possible de vérifier qu'elle y fut vraiment allée. La seconde fut propulsée en 1664 (le responsable de ce projet ultra top-secret, baptisé Chronos, étant un grand amateur de bière bon marché, ceci expliquant cela), dans une zone a priori désertique d'Éthiopie, considérée comme le berceau de l'Humanité. Lorsque l'animal était revenu, une analyse poussée des particules de poussière retrouvée dans son pelage et sous ses pattes avait permis d'identifier quelques éléments datant de plus de 400 ans et que l'on trouvait a priori en suffisantes quantités dans cette région du globe.

La capacité de communication des souris étant limitée, il était apparu très vite indispensable de tenter l'expérience avec un être humain. Seules trois personnes ayant connaissance du projet Chronos — même les plus hautes sphères politiques et militaires étaient dans l'ignorance —, il avait été facile d'envisager une telle issue, sans avoir à se heurter aux gardiens de l'éthique et de la « bien-pensence » qui s'y seraient farouchement opposés. Ils auraient assurément renvoyé ces apprentis sorciers aux plus sombres heures des expérimentations nazies et n'auraient pas permis de faire appel à un volontaire, aussi consentant soit-il.

Seulement voilà. Le volontaire est bien là. Et je suis totalement consentant, évidemment terrorisé à l'idée de ce voyage en terre inconnue, mais à la fois tellement excité d'être le pilier décisif dans une avancée scientifique sans précédent dans l'histoire de l'humanité.

Cela fait une semaine que la date du grand départ a été fixée. Et c'est dans deux heures. L'accord prévoit que je peux, si je le souhaite, choisir moi-même le lieu et le jour de destination de mon périple. Et comment que je veux ! Mais les consignes sont claires : pas question d'imaginer interagir avec qui ou quoi que ce soit une fois « sur place », pour éviter tout risque de bouleversement irréversible. Et, de préférence, ne pas se retrouver en situation de danger physique immédiat. Ça serait ballot de mourir « là-bas ».

Je ne dois donc toucher qu'avec les yeux, uniquement. Le procès de Galilée ? L'exécution de Jeanne d'Arc ou de Louis XVI ? La crucifixion de Jésus ? La découverte de l'Amérique par Christophe Colomb ? Une infinie variété d'événements historiques s'offre à moi. J'en ai presque le vertige quand j'y pense.

Pourtant, je n'ai qu'une seule idée en tête : me retrouver dans la région ouest de Lille, un matin d'automne 1915. Quelque chose à vérifier. Et peut-être quelque chose à faire, même si je n'en ai a priori pas le droit. Et alors ? Qui sera à mes côtés pour m'en empêcher ? Personne. Au diable les consignes !

Je pénètre, ce lundi 26 octobre 2037, à 15h00, dans le petit laboratoire, accompagné par deux officiers de sécurité armés qui avaient laissé leur sourire et leur courtoisie dans un des casiers du vestiaire à l'entrée. Je suis d'abord accueilli par l'intense bourdonnement de toute la machinerie ultrasophistiquée qui clignote et ronronne dans cet espace exigu. Chuchoter dans les prochaines minutes ne sera pas une option.

À côté de ce gros tube de câbles et de métal, dans lequel je vais devoir me glisser tout à l'heure, seules trois personnes en

Tomber les masques

blouse blanche sont présentes. Un Français, un Germano-Suisse et une Italienne. Trois sommités scientifiques mondiales qui ont réussi à développer leur projet dans le plus absolu des secrets. Mauvais génies ou bienfaiteurs de l'humanité ? Impossible à dire, encore.

Le Dr Alain Chappuis, la cinquantaine grisonnante, le cerveau de l'affaire, précurseur reconnu, mais néanmoins controversé, du champ de recherches quantiques dédiées à l'espace-temps, est le premier à s'avancer vers moi. Il devance deux autres sommités scientifiques : Anton Diesbach, un grand blond aux yeux bleus cerclés de petites lunettes rondes, le visage orné d'une barbichette de mousquetaire, et Maria de Cardini, coiffure poivre et sel un peu bouclée qui ne semble pas avoir croisé un peigne ou une brosse depuis la soutenance de sa thèse.

— Vous êtes prêt ?, me demande directement le Dr Chappuis, après une brève séquence imposée de serrages de mains. J'ai à peine le temps d'opiner du chef qu'il m'informe que les paramètres spatio-temporels que je leur ai confiés ont été programmés. Je n'ai plus qu'à rentrer dans le Tunnel — c'est comme ça qu'a été baptisé ce gros appareil qui ressemble à ceux dans lesquels on passe un scanner — pour franchir un petit pas pour l'Homme mais un bond de géant pour l'humanité. Encore qu'à ce moment précis, j'aurais mille fois préféré avoir été envoyé sur la Lune, voire sur Mars, que dans ce coin perdu du Nord il y a plus d'un siècle de cela…

Je sens bien dans leurs poignées de mains successives un mélange de respect, de compassion et d'admiration. Sans doute auraient-ils bien voulu être aussi du voyage. Tant pis pour eux.

Me voilà donc allongé dans ce terrifiant tube qui sera peut-être mon cercueil… La partie supérieure par laquelle j'y ai été introduit est désormais verrouillée. La sensation est très angoissante : je me retrouve dans un espace très étroit, seulement équipé d'un casque muni d'une visière opaque. Il s'agit de me protéger du balayage du faisceau d'antimatière qui se met progressivement en action au moment où le Dr Chappuis enclenche le processus, dans un flot étourdissant de lumières jaune et rouge.

En même temps que l'intensité du bourdonnement va crescendo, je ressens d'abord une vibration, comme si tout le caisson était soumis à des secousses extérieures. Puis une douleur fulgurante m'enveloppe des pieds à la tête, avec l'impression que mon corps est lacéré par des milliers de petites lames qui me découpent en tranches. J'essaie de me dire que ce n'est qu'une souffrance psychologique, mais elle grandit horriblement au fil des secondes, au point que j'en perds connaissance.

Combien de temps ? Impossible à dire. Lorsque je reviens à moi, je suis dans un vaste champ, en plein milieu de ce qui ressemble à nulle part. La température est clémente, la lumière tamisée, très basse sur l'horizon, vient me lécher le visage. Les sons de la nature qui s'éveillent dans la joie de cette aube me caressent les tympans.

Je suis frappé par la douceur de ce moment de grâce, quelques secondes à peine après avoir subi une déflagration corporelle indescriptible. Un rapide bilan me permet de constater que je suis toujours entier et que, visiblement, je ne suis plus du tout dans le laboratoire du CERN. Suis-je pour autant le 13 novembre 1915, quelque part dans la région de Lille ? Je ne le sais pas encore.

Bien qu'étourdi par le choc et un peu endolori, je parviens à me lever et commence à marcher à la recherche d'une route, d'une borne ou d'un panneau qui me renseignerait sur ma position. Le hasard guide mes pas vers le nord. Bien vu ! Me voilà arrivé à Fournes, dont l'état délabré me permet de confirmer que je suis aussi tombé à la bonne date. Ce petit village de presque deux mille âmes, à quelques kilomètres de Lille, est ravagé par les bombardements qu'il a subis. C'est pratiquement dans un champ de ruines que les troupes allemandes occupent les lieux.

Le temps m'est compté. En théorie, je n'ai qu'une dizaine d'heures pour faire ce que j'ai à faire. Mais je ne sais pas combien de minutes (ou plus ?) je suis resté inconscient dans le champ, ce qui me complique grandement la tâche.

Mon objectif : me rendre au plus vite sur les rives du canal de la Deûle. J'avais suffisamment étudié l'Histoire pour savoir que c'est par là que je trouverai, peut-être, ce que je cherche. Me rappelant des cartes routières que j'avais savamment décortiquées, je bifurque vers le sud-est pour y arriver. Mais ensuite ? Par où devrais-je aller ? J'aviserai. Le jeu en vaut largement la chandelle.

Obligé de me déplacer avec prudence, pour ne pas me faire repérer, il me faut plus d'une demi-heure pour atteindre enfin ce cours d'eau. Et maintenant ? Dois-je le descendre ou le remonter ? J'ai une chance sur deux. Je décide de suivre mon intuition et le courant du canal.

Au fil de l'eau et de la journée, les heures se suivent et se ressemblent sans que je trouve ce que je cherche. Je commence à regretter mon choix lorsque, soudain, je le vois ! Il est là, assis devant son chevalet, à poser les dernières touches sur un tableau qui dépeint plutôt joliment ce paysage. J'avais lu çà et là que ce soldat allemand aimait, dans ses heures de liberté, flâner dans le coin pour s'adonner à sa passion artistique. Les écrits n'avaient donc pas menti. Ce n'est certes pas Van Gogh ou Monnet qui se tient, là, à quelques mètres de moi, et son aquarelle ne figurera sans doute jamais dans la liste des chefs-d'œuvre immortels de l'histoire de l'art. Mais ce tableau pourrait certainement faire le bonheur de quelques boutiques spécialisées.

Peu importe. Ce n'est pas pour lui en acheter un que j'ai fait tout ce voyage. Mon dessein est tout autre et je suis sur le point de mener à bien la mission que je m'étais assignée, aussi sordide soit-elle. Je n'ai plus beaucoup de temps pour agir, mais là où j'en suis arrivé, il n'est plus question que je recule.

Je m'empare d'une grosse pierre qui semblait m'attendre, sur le bord du sentier. Le bruit de l'eau du canal qui s'écoule couvre celui de mes pas au moment où je m'approche de ma cible. Je serre les dents et je puise toute l'énergie qu'il me reste pour lever cette pierre au-dessus de ma tête et venir la jeter sur celle du peintre.

Le bruit est effroyable. Je n'avais jamais rien entendu de tel. La pierre est suffisamment grosse pour me cacher la tête de ma victime au moment de l'impact. J'imagine seulement sa boîte crânienne exploser sous la violence du choc. L'homme bascule en avant, renverse son chevalet et fait tomber sa palette de couleurs. Tout est allé si vite qu'il ne saura jamais ce qui lui est arrivé.

Je ramasse la pierre tâchée de sang et assène un nouveau coup, encore plus violent que le premier, pour m'assurer de la réussite de ma mission. Le même sinistre craquement vient achever mon œuvre.

Je laisse le gros caillou en place, couvrant la tête de ce corps inerte et désarticulé, et je m'enfuis comme un fou, pour ne pas prendre le moindre risque, animé d'une soudaine et violente poussée d'adrénaline. Il me faut maintenant trouver un endroit où me réfugier pour attendre le moment où le processus de désynchronisation de mes cellules prendra fin, me renvoyant vers le futur, mon vrai présent.

J'avise un petit bois et m'adosse contre un chêne vigoureux. Je tremble de tout mon corps. À la fois de froid, maintenant que le soleil commence à disparaître à l'horizon, et de terreur à l'idée de l'acte que je viens de commettre. Ce n'est ni plus ni moins qu'un assassinat et je ne suis pas un spécialiste en la matière. Mais il fallait que je le fasse.

J'en suis encore à me battre avec des pensées tellement contradictoires et effrayantes lorsqu'une douleur soudaine vient me cueillir, de la pointe de mes cheveux jusqu'au bout de mes orteils. Cette sensation, je la reconnais. C'est exactement la même qui m'a foudroyé dans le Tunnel quelques heures plus tôt. Je sais par avance que ma lutte intense contre la douleur est vaine et il ne me faut que quelques secondes pour perdre de nouveau connaissance.

Combien de minutes, d'heures, suis-je resté dans ce trou noir ? Lorsque je parviens enfin à rouvrir les yeux, endolori de partout, je ne reconnais pas du tout le laboratoire d'où je suis venu. La pièce est très modeste, seulement habillée d'un petit meuble en bois, d'une table ronde et de trois chaises. Sur le mur, un papier peint un peu défraîchi donne à ces lieux une tendance très *vintage*, tout comme le lustre d'une forme presque sphérique et d'une couleur presqu'orange.

Je suis assis par terre, et dans mon dos, le chêne vigoureux a cédé sa place à un mur. En face, une fenêtre fermée, à travers laquelle je devine la pluie tomber, laisse à peine passer la douce lumière du jour.

Je tourne lentement la tête — aussi rapidement que mon état physique le permette — pour scruter l'ensemble de la pièce, mais je n'y vois rien d'intéressant susceptible de me donner davantage d'indications.

Je me redresse difficilement et aperçois, à côté de la vitre, un calendrier de l'année 2037 indiquant « Lundi 26 octobre ». Me voilà donc de retour de quand je suis parti. Mais où ? Je ne suis pas sûr. Je crains soudainement que mon acte perpétré sur les rives du canal de la Deûle ait, effectivement, bouleversé l'ordre des choses établies. Je suis revenu à mon point de départ, sauf que ce point a changé.

Ma tête me fait horriblement souffrir. Il me faut quelques secondes supplémentaires pour me rendre compte que deux personnes sont là, avec moi, dans la pièce. Une femme et un homme qui ressemblent à s'y méprendre à Maria de Cardini et Alain Chappuis. Elle est toujours mal coiffée (si tant est qu'elle ne l'ait jamais été) et lui est toujours grisonnant. Tout n'est donc peut-être pas aussi dramatique que cela !

Envahi par l'émotion, je ne parviens pas à retenir quelques larmes qui glissent et me chauffent les joues en les chatouillant. Accord de confidentialité ou pas, je dois leur parler. Leur avouer mon acte qui, peut-être, a changé la face du monde. Le poids de ce secret est totalement insupportable pour une seule personne.

– Je viens d'assassiner Adolf Hitler. Il était encore un simple soldat et il peignait un paysage à l'aquarelle pour se détendre. Non, mais vous vous en rendez compte ? J'ai tué Adolf Hitler !!!

Le regard incrédule que je reçois en retour me glace le sang :

– Qui ça ?

Gazon béni

« L'ambition enivre plus que la gloire »
Marcel Proust

Elle ne s'était jamais demandé si l'herbe à peine coupée était douce. Dès lors qu'elle eut la joue posée sur ce gazon fraîchement tondu, elle s'est pourtant rendu compte à quel point cette sensation était très agréable. Presque autant que la caresse de la soie des foulards qu'elle aimait tant porter. C'est dire... Depuis une minute qu'elle est allongée, là, sur cette grande pelouse parfaitement bien entretenue, dans la douce tiédeur d'une fin de journée printanière, elle savoure le moment présent comme rarement elle a eu l'occasion de le faire depuis qu'elle a poussé son premier cri, hurlant déjà sa rage de vaincre à la face de l'humanité.

Véronique a eu 50 ans ce matin. À 8 h 32 très précisément. Cinq décennies. Les quatre premières à construire, forger et jeter les bases de tout ce qui fut elle, sa vie et son œuvre, tout au long de la cinquième.

C'est qu'il lui en aura fallu de la détermination, de la hargne et de la persévérance, pour se faire sa place dans l'univers impitoyable de la finance internationale. Un océan pervers peuplé de pieuvres, de murènes et de requins où une femme n'a que trop rarement droit de cité. Combien d'efforts supplémentaires a-t-elle eu à fournir pour franchir le même nombre de marches que ses collègues mâles ?

Combien de fois a-t-elle entendu des jeux de mots et des remarques salaces, pernicieuses, machistes, sexistes, déplacées et tant de qualificatifs divers et variés qui, mis les uns sur les autres, permettraient sans doute de rallier directement la terre à la lune.

Tomber les masques

Combien de fois son prénom avait-il été à lui seul source de graveleuses allusions, par l'entremise d'une rime riche avec un verbe du 1er groupe qualifié de « *vulgaire* » par le Petit Larousse ? Mais ça, c'était avant que l'on commence à balancer des porcs à travers les réseaux sociaux…

Couchée dans l'herbe, elle ferme les yeux, lentement, et elle devine l'esquisse d'un sourire qui se dessine sur son visage fatigué. Un sourire intérieur que seul le miroir de son âme est en mesure de refléter. Celui de la salle de bains, quelques heures plus tôt, lui avait renvoyé la même image : à la fois douce et sévère, presque angélique, mais sacrément déterminée. Toutes celles et tous ceux qui avaient eu l'occasion de travailler avec — ou contre — elle, pouvaient en témoigner. C'est à peine si cette grande lassitude et son insondable fatigue intérieure transparaissaient sous sa crinière rousse flamboyante qui lui avait valu l'appellation d'origine incontrôlée de « lionne » dans les médias économiques et financiers.

Elle est là, physiquement, mais plus dans son esprit. Partie. N'importe où. Ou bien ailleurs. C'est à peine si elle entend venir auprès d'elle les personnes qui se trouvaient dans son plus proche périmètre lorsqu'elle s'est décidée à mettre définitivement un terme à toute la comédie inhumaine de sa vie et à appuyer sur le bouton « *off* ».

Elle n'a pas particulièrement prémédité cet instant. Mais en voyant réunis en aussi peu d'espace tous ces costumes impeccablement repassés, ces cravates aux couleurs sombres, ces chemises presque toutes immaculées et ces tailleurs pour dames tentant, tant bien que mal, de tenir sur des corps tant bien que mal taillés, une violente nausée est soudain montée en elle. La sensation d'un trop-plein qu'il lui fallait évacuer au plus vite. Tous ses volcans intérieurs étaient entrés en éruption.

Ce brusque malaise n'a rien eu d'une réaction digestive. Pas question pour elle de vomir lamentablement comme le ferait une quelconque ado bourrée en fin de cuite. Cela serait d'autant plus étrange qu'elle n'a jamais bu une seule goutte d'alcool de sa vie. C'est plutôt son cerveau, voire son « moi » intérieur qui, d'un seul coup, est arrivé à saturation. Étouffement. Apoplexie psychologique. Il n'y a plus la moindre place pour recevoir le moindre gramme de matière en provenance de ce monde pour lequel elle vient, soudainement, de ne plus ressentir la moindre attirance ni le moindre intérêt.

Peut-être rien de tout cela ne serait arrivé si elle avait pris le temps et le soin de s'écouter davantage. Si elle avait choisi de faire comme les années précédentes. C'est-à-dire rien, quand bien même le franchissement du cap du demi-siècle d'existence serait apparu, aux yeux de certains, comme un événement digne des plus grandes célébrations. Aucune des autres étapes de sa vie censées être marquantes n'avait suscité en elle une quelconque envie de festoyer.

Elle ne s'était pas « déchirée » le jour de ses 18 ans. Elle s'était même sagement couchée assez tôt en prévision d'un examen le lendemain. Deux ans plus tard, elle était passée au-dessus de ses vingt ans avec autant d'aisance qu'au-dessus de l'Atlantique, partant à la découverte des États-Unis, où elle allait élire domicile pour quelques années d'études dites supérieures.

Elle avait ensuite superbement ignoré le cap de la trentaine et elle ne s'en était pas plus mal portée. Si ça se trouve, elle n'était même pas chez elle à ce moment-là, sans doute en voyage d'affaires à Singapour. Ou à Hong Kong, peut-être. Elle était ailleurs, en tous les cas. Déjà.

De façon similaire, le passage de la quarantaine rugissante s'était fait sans la moindre vague. Un cap d'habitude assez redouté par les femmes, mais que Véronique avait accueilli par les mêmes mépris et indifférence que les précédents. Elle ne se rappelait pas, ce matin-là, s'être réveillée très différente de la veille, lorsqu'elle avait un an de moins aux yeux de l'état civil…

Peut-être d'ailleurs ne s'était-elle couchée qu'aux aurores, juste quelques heures plus tôt, après avoir terminé de traiter un de ces innombrables dossiers qu'elle jugeait éminemment urgent et vital pour la bonne survie de tout son petit univers économico-financier dans lequel elle se débattait alors avec force pour surnager.

Elle serait bien incapable, aujourd'hui, de dire de quoi il s'agissait ni où elle se trouvait exactement à ce moment-là. La seule chose dont elle était sûre, c'est qu'elle n'avait certainement pas eu le temps de se préoccuper de son anniversaire, aussi symbolique soit-il. Ce n'était pour elle rien d'autre qu'un détail auquel d'aucuns s'agrippent comme à autant de bouées dans l'océan de vide qui les entourent.

Sa vie, à cette époque, était plutôt un rapide, au sens latin originel du terme : un flot d'eau torrentueuse qui emporte tout sur son passage. Aucun radar automatique ne l'empêchait de foncer au-delà de toutes les limites autorisées. Il fallait que les choses aillent vite et bien. Elle n'avait clairement pas de temps à perdre avec des pensées futiles, voire carrément inutiles. Elle ne voulait pas rester sur le quai et voir le paquebot de son destin larguer ses amarres sans qu'elle puisse monter dedans.

Alors pour ce cinquantenaire, bien sûr, elle n'avait initialement rien prévu de spécial. D'abord parce que le rapide coulait toujours avec le même haut débit. Et puis aussi parce qu'il est d'usage que les femmes du monde ne révèlent pas ainsi ouvertement leur âge, en particulier pour une étape symbolique telle que celle du demi-siècle. C'est peut-être justement cela qui la décida finalement à franchir le pas.

Ce jour-là s'annonçait pourtant identique au précédent et sans doute très semblable à ce qu'allaient être les suivants. Elle en avait l'intime conviction, mais les nombreuses années d'expérience qu'elle avait désormais accumulées lui avaient, entre autres choses, enseigné que rien n'est plus incertain que le futur, qu'il soit immédiat ou lointain. L'heure à venir est déjà susceptible d'engendrer tellement de surprises. Alors le jour d'après…

Tomber les masques

Surtout que ses pensées sont, depuis quelques mois, accaparées par un épineux dossier de fusion-acquisition devant faire de la très grosse banque qu'elle dirige un monstre encore plus grand et gourmand ; un ogre dont il fallait convaincre les futurs employés (ainsi que les futurs ex-employés), les marchés et les agences de notation, qu'il ne venait pas de Barbarie.

À la base, perdre du temps à écouter cinquante coups sonner au clocher de sa vie lui avait semblé une idée dénuée de tout intérêt. Elle avait des choses bien plus utiles et productives à penser que d'organiser une quelconque fête où elle n'aurait d'autres choix que de jouer les étonnées en voyant arriver un immense gâteau orné de 50 bougies ; où elle devrait rire élégamment en entendant fuser les remarques du genre *« les bougies ont coûté plus cher que le gâteau ! »* ; où il lui faudrait s'y reprendre à trois ou quatre fois pour souffler les symboles de toutes ces années parties en fumée ; où elle devrait ensuite se fendre d'un petit mot de remerciement, agrémenté du plus beau de ses sourires ultra-brite, à l'attention de tous les convives ; où elle passerait enfin des heures à déballer tous les cadeaux reçus, chacun, à sa manière, étant persuadé d'avoir réussi à trouver le « petit quelque chose » d'original susceptible de lui manquer encore… Lui manquer… à elle qui avait tout ce que la vie pouvait offrir de biens matériels, utiles ou pas.

Pourtant, devant l'insistance plus que soutenue de tout son entourage, intime, professionnel ou opportuniste, elle avait fini par céder et s'était résignée à consentir à marquer le coup. Mais plutôt comme on marque un jeune bestiau au fer rouge. L'odeur de chair grillée en moins, elle n'en éprouvait pas moins une certaine douleur. Du reste, elle n'avait pris aucun plaisir aux préparatifs, au contraire de beaucoup de gens gravitant autour de son périmètre de vie et d'envies. Grand bien pouvait leur faire…

Elle avait de toute façon confié la quasi-totalité de l'organisation de cette garden-party à Franciane, sa fidèle assistante, qui avait choisi l'hôtel et le traiteur. Véronique s'était juste chargée de lui fournir une liste de gens à inviter. Pas uniquement des personnes qu'elle appréciait, du reste. La présence de certaines autres était simplement susceptible, stratégiquement, de servir les desseins actuels ou futurs qui l'animaient. Après tout, quitte à supporter le supplice d'une telle réception, autant en tirer potentiellement un quelconque profit, même différé.

Elle savait par ailleurs pertinemment que des gens non invités se présenteraient à l'accueil le jour venu. Elle avait fini par consentir à ce qu'eux aussi puissent entrer. Après tout, ils avaient fait l'effort de se déplacer et elle n'avait aucune envie de commencer à se brouiller avec les uns et les autres.

Finalement, une petite centaine de personnes était présente. Et à ce moment-là, elle éprouva, tout de même, une certaine fierté, voire de l'orgueil, à voir autant de monde, et du beau ! Le Premier ministre, deux représentants haut placés du gouvernement, quelques (très) hauts fonctionnaires, quatre ambassadeurs, tout ce que la région comptait de plus grands directeurs de banques et d'institutions : qui dit mieux ? Il y avait aussi, tout de même, quelques amis. Des vrais. Issus de milieux si différents que la cohabitation ne pouvait être que sociologiquement très passionnante.

Et pourtant. Alors que le soleil commençait à filer à l'horizon, tirant les ombres des arbres, des objets et des gens sur des étendues presque effrayantes, un immense trou noir traversa soudain son esprit. Depuis près de deux heures, elle n'avait cessé d'être au centre de tous les intérêts, embarquée dans des conversations qui, parfois, lui échappaient. Elle en avait souvent raté le début ou s'était arrangée pour en manquer la fin au prix d'un très diplomatique « *Excusez-moi quelques instants* », seule clé lui permettant d'ouvrir la cage et de s'extirper de ces prisons bavardes où elle avait de plus en plus le sentiment de purger des peines de sûreté incompressibles.

Tout cela avait fini par la fatiguer grandement. Pire. À la lasser franchement. Elle avait réussi à s'éloigner de quelques mètres du plus gros des troupes de ses convives, se retrouvant presque au milieu de cet immense jardin. Elle s'était alors arrêtée pour observer toute cette foule qui piaillait là, à quelques mètres d'elle : de véritables petits soldats inféodés à un ordre moral dicté par les profits, les intérêts et le pouvoir. Et la crainte, occasionnellement. Les deux premiers allant rarement sans le troisième. Et inversement.

Elle ne pouvait évidemment pas leur en tenir grief. Après tout, elle était l'une des leurs. Et même, en quelque sorte, l'une de leurs plus hautes représentantes. Elle était partout, omniprésente dans un grand nombre d'arcanes, officiels ou non. Autant de petits cercles fermés où tout se construit. Ou bien se détruit.

Elle était une des leurs, arrivée au sommet d'une carrière menée sur un rythme endiablé.

Au cours de toutes ces années, les obstacles n'avaient pas manqué. Tous furent franchis haut la main. Certains avaient été brisés par sa force de caractère, d'autres par sa capacité de travail et une bonne partie par sa puissance financière qui n'avait fait que grandir au fil du temps.

Jamais l'expression « Le temps c'est de l'argent » n'avait pris autant de sens avec elle : plus le temps était passé et plus elle avait gagné de l'argent, ce qui lui permettait d'en gagner encore plus. Crise ou pas.

Elle était bel et bien une des leurs, mais depuis quelques mois, tous les fronts sur lesquels elle se battait lui pompaient une énergie incroyable. Elle pensait se régénérer régulièrement dans ses courtes nuits, qu'elle considérait comme autant de feux rouges, inutiles et encombrants, mais inévitables, sur toutes ces voies rapides qui la menaient toujours plus loin, toujours plus haut.

Elle était une des leurs. Elle était. Jusqu'à il y a deux minutes.

***

Depuis un moment, déjà, elle avait ressenti quelques petits signes auxquels Véronique n'avait évidemment pas prêté attention. À quoi bon ? Pas le temps. Cela avait commencé par une espèce d'oppression dans la poitrine. Au début presque imperceptible. Puis, progressivement. De plus en plus prenante. De plus en plus fréquente. À bien y réfléchir, depuis quelques jours, elle était même permanente. Mais justement, puisqu'elle ne le lâchait plus, elle avait fini par l'assimiler, l'absorber dans son existant. Elle faisait désormais partie d'elle et elle s'était presque totalement habituée à elle. Une fusion-acquisition à taille humaine, rondement menée.

Pourtant, il y a deux minutes, cette oppression est revenue, plus forte que jamais. Elle l'a violemment, et presque douloureusement, ressentie exactement au moment où elle prit le temps de se retourner un instant pour observer toute cette faune. Toutes et tous avec le même verre à la main et le même sourire carnassier aux lèvres. Tous et toutes avec, incrustés dans leurs pupilles, des symboles de l'euro et du dollar, voire des bitcoins pour les plus téméraires.

Comme une brutale coupure de courant, tout s'est alors éteint en elle. Un black-out total. Un court-circuit venu de l'intérieur, de tellement loin en profondeur qu'il lui fut impossible de retrouver l'interrupteur et de reconnecter ensemble les fils pour lui permettre de redémarrer.

Impossible… Un mot qui ne fait pourtant pas partie de son vocabulaire. Elle avait surmonté tellement de situations que beaucoup de gens pensaient inextricables ! Et elle savait que tout était toujours possible dans le monde des affaires : rien de ce qui s'y trame n'est vraiment totalement irréalisable.

D'ailleurs à cet instant présent, il n'est pas question de possibilité, mais bel et bien de volonté : le problème n'est pas qu'elle ne parvient plus à rallumer la lumière, mais tout simplement qu'elle n'a plus envie de le faire. En toute conscience. Estimant que, finalement, le noir lui va si bien.

Ce trop-plein qui est en train de déborder et de répandre à terre le contenu de toute sa vie agit comme une inattendue opportunité. Inattendue ? Elle n'en est même pas sûre. Qui sait s'il ne rêvait pas, secrètement, de trouver une telle porte de sortie, une issue de secours qui lui permettrait de prendre la tangente ?

Son surmenage avait fini par la rattraper et était en train de la dépasser dans la dernière ligne droite, alors que l'arrivée est presque en vue. Pourtant, au sortir de cette grosse opération financière sur le point de se finaliser — la réunion de clôture du *deal* est programmée dans douze jours exactement, et l'issue ne fait aucun doute —, elle atteindra un niveau de notoriété et de puissance inégalées, à la tête du plus grand groupe bancaire du monde. Elle aura alors la planète Finances à ses pieds. Et, d'une certaine façon, une grande partie de la planète tout court…

Mais il y a deux minutes, c'est dans son for intérieur qu'il y a eu fusion-ébullition. L'acquisition, elle, fut celle de la certitude qu'une page venait de se tourner. Ou plutôt d'être arrachée et le reste du livre jeté aux oubliettes. Il n'y avait plus de ligne droite. Plus d'arrivée. Plus de challenge. Plus rien. Le néant.

Il y a deux minutes, debout, immobile, elle regardait tous ses convives, mais elle ne les voyait plus. Puis lentement, elle s'est soumise à la loi de l'attraction universelle. Elle a délesté son corps de toute résistance à la force de gravitation. Sa tête, qui sembla soudain peser des tonnes, entraîna le reste de son être vers le sol. Vers cette pelouse fraîchement coupée dont elle ignorait alors tout de sa douceur et de son confort.

Ses genoux nus, en premier, se posèrent sur le gazon. Elle était, quelques secondes plus tôt, bien droite, comme un géant. Mais voilà que le colosse s'érode, ne devenant rien d'autre qu'une vulgaire statue en train de vaciller, comme celles de ces idoles ou de ces dictateurs sanguinaires renversés par leurs peuples et déboulonnés de leur piédestal. À la seule différence qu'elle le faisait elle-même. Une auto-révolution, en quelque sorte.

Du reste, dans tout ce qu'elle avait fait dans sa vie, elle n'avait jamais eu besoin de personne pour réussir. Il n'y avait aucune raison pour que cela change aujourd'hui : même au moment de sa chute finale, elle n'allait devoir compter que sur elle-même.

Elle avait construit toute sa carrière à force de travail. Elle avait eu le labeur et l'argent du labeur. Elle n'avait laissé que des miettes aux autres. Y compris aux hommes qui, occasionnellement, avaient eu le privilège de goûter aux saveurs de sa chair et de s'enivrer de ses fragrances intimes. Elle avait toujours choisi qui, quand et où elle voulait, et ne s'était jamais vraiment encombrée de considérations sentimentales. Elle avait bien, une fois, éprouvé « quelque chose » pour un homme qui, manque de chance, était lui-même marié. Les planètes ne s'étaient jamais alignées correctement, ce qui l'avait définitivement convaincue de vivre l'instant présent avec le maximum d'intensité.

Le seul mâle qui avait le droit de cité au cœur même de son royaume s'appelait Maurice. C'était un hamster que Véronique aimait regarder tourner indéfiniment dans sa roue, comme une représentation grandeur nature de la condition humaine. Le mot « *Réussite* » s'affichait en lettre d'or sur le fronton de son palais. Peu importe qu'il n'en soit pas de même pour « *Bonheur* ».

Tomber les masques

Dans sa carrière, autant que dans sa vie, personne ne l'avait franchement aidée. Les bâtons qui lui avaient été tendus furent davantage destinés à venir se prendre dans ses roues qu'à lui servir de soutien salvateur au plus fort des tempêtes. Mais c'était « avant ».

À genoux dans l'herbe, elle chancelle pendant quelques secondes, un peu comme un culbuto. Elle finit par basculer de travers, sur sa droite, et s'étale finalement lourdement, les bras le long du corps, la joue contre le sol. Terminus. Elle est bien descendue.

Le fond de l'air est d'une douceur extrême. Une très légère brise vient lui lécher le visage, comme le ferait un chien qui voudrait lui montrer toute son affection. Mais la bave en moins. Bon sang, comme elle se sent bien ! Détendue. Apaisée. Comme jamais.

En tombant, cette cage qui lui avait bloqué la poitrine toutes ces dernières semaines semble s'être cassée, pulvérisée en mille morceaux. Elle ferme les yeux, doucement, en toute conscience de ses gestes et de ses pensées. Comme elle aimerait alors être avec tous ces gens qu'elle commence à entendre s'agiter et venir vers elle, inquiets et incrédules. Être parmi eux à se regarder elle-même, juste pour voir si ce sourire béat qu'elle ressent de l'intérieur est visible aussi de l'extérieur.

Pourtant, au fil des secondes, c'était à peine si elle entend encore les murmures affolés de tous ses convives qui, un par un ou en groupe, convergent vers l'endroit où elle gît désormais, inanimée. Cela l'indiffère totalement. Elle se sent comme dans un cocon, une bulle, bien protégée des éléments extérieurs. Elle a vraiment tout débranché. De la cave au grenier. Et elle ne veut plus payer la facture. Tant pis si personne ne parvient à reconnecter les fils.

Elle n'a qu'une seule envie à cet instant : s'endormir ! Se laisser glisser dans un pays où les vieux songes apprennent à faire des grises masses avec les pensées. Se lancer dans une longue hibernation, sans aucune obligation d'en sortir. Pas d'heure de réveil, pas de rendez-vous sur l'agenda. Rien. Le néant, sans l'être.

Elle n'entend désormais plus rien. Le silence a conquis tout son territoire et il n'a jamais été aussi assourdissant qu'à cet instant. Elle peut s'endormir en paix. Elle sait que lorsqu'elle se réveillera, elle sera dans un monde meilleur. Dans la jungle, terrible jungle, la lionne est morte cet après-midi.

***

Pourtant, le voyage n'est en rien aussi agréable que pouvait le laisser supposer l'apaisante tranquillité des derniers instants qui précédèrent le départ. Elle avait fermé les yeux dans la plénitude d'une absolue quiétude et flottait alors dans un état d'apesanteur dans lequel rien ni personne n'était en mesure de l'atteindre. Ni physiquement ni moralement. Elle se voyait entrer dans une sorte de royaume dont elle serait la propre souveraine. Elle maîtrisait tous les sons et les images qui lui parvenaient et elle en disposait à sa guise. Du moins le croyait-elle.

Combien de temps s'est-il écoulé ensuite avant qu'elle ne ressente les premiers soubresauts d'un trajet cahoteux ? Impossible à dire. Alors que tout est encore calme, elle bascule soudain, comme de nouveau attirée par cette gravitation universelle dont elle s'était jouée jusqu'alors. Elle tombe. Du moins en a-t-elle l'impression, puisque dans le halo de lumière qui l'entoure et l'aveugle, elle n'a plus le moindre repère physique lui permettant d'attester de sa position réelle, pas plus que du mouvement supposé l'animer.

Son sens de l'équilibre ne la trompe a priori pourtant pas. Elle est en train de descendre. Jusqu'où ? Elle n'en sait rien du tout. Et à vrai dire, elle ne se pose même pas la question. Elle a pris son parti du fait que cette chute n'était que virtuelle, un produit absolu de son imagination et qu'elle ne coure donc aucun danger. En tout état de cause, elle ne court pas, elle plane. À moins qu'elle ne soit tout simplement suspendue, comme retenue par une main invisible ? Peut-être celle d'Adam Smith, dont elle est adepte, depuis l'université, des théories économiques libérales ?

Cette dernière hypothèse lui plaît plutôt. Bien qu'étant une athée convaincue et très pratiquante, elle s'imagine volontiers prise sous sa coupe par un quelconque dieu, ou, à la rigueur, l'un de ses anges gardiens appelés à s'occuper de son cas personnel. Sa réussite professionnelle avait toujours été tellement insolente que, fatalement, elle s'est souvent posé la question de savoir s'il n'y avait pas « quelque part », « quelqu'un » qui lui voulait du bien, surveillant tous ses faits et gestes et la guidant, inconsciemment, pour lui faire prendre les bonnes décisions aux meilleurs moments. Ce « quelqu'un » est donc encore là, elle en est persuadée, pour l'accompagner dans ce dernier voyage et lui permettre d'en jouir au maximum.

Mais à la très soutenable sensation de légèreté de son être suit, bien rapidement, la très désagréable impression d'un tremblement permanent. Des secousses qui n'ont rien de sismique, mais qui l'ébranlent entièrement, chacune d'entre elles semblant plus forte que la précédente.

Elle ne tombe plus. Elle est ballottée dans tous les sens, comme dans un tambour de machine à laver. Comme une boule de flipper violemment projetée de *bumpers* en *slingshots*. Elle perd totalement le contrôle d'elle-même et n'est plus qu'une simple chose à la merci de ce mouvement devenu aléatoire.

En même temps, le halo de lumière qui l'avait accompagnée jusqu'alors disparaît progressivement, laissant place à un tourbillon de teintes plus sombres et sordides les unes que les autres. Le rêve est en train de virer au cauchemar. L'escalier menant au paradis se transforme en autoroute pour l'enfer. Elle aperçoit les contours d'un visage, sans relief, comme un masque qui serait simplement troué au niveau des yeux, du nez et de la bouche. Un visage qui semble pourtant la fixer intensément, avant de disparaître.

Ce n'est qu'au bout de plusieurs minutes, qui lui ont paru des heures, que le calme revient. Mais elle a l'impression que sa tête est sur le point d'exploser. Elle ne sent plus rien d'autre qu'une terrible douleur sous ses cheveux, comme une migraine intense qui enveloppe toute sa boîte crânienne. À « l'extérieur », tout est redevenu calme et paisible. À la place de cette sensation à la fois de flottement et de tremblement, elle ressent désormais l'étrange trouble d'être à la fois immobile et en mouvement.

Cette ineptie de l'esprit se confirme lorsqu'elle essaie de comprendre ce qui l'entoure. Les sinistres couleurs mortuaires ont disparu, mais elle est bien incapable de décrire celles qui leur succèdent. Comme si elle se trouvait en présence d'une sorte de « non-couleur ». Un étrange compromis entre une semi-blancheur transparente irisée de teintes primaires et une noirceur partielle à moitié opaque relevée par des tons plus neutres.

Cela ne ressemble en tous les cas à rien de ce que son cerveau est capable d'assimiler. Or, pour avoir étudié longuement les cercles chromatiques de Johannes Itten et les tests de Max Lüscher, elle a la prétention d'en connaître un rayon sur le sujet. Mais là, non. Impossible de nommer cette teinte, ni même d'en parler de manière un tant soit peu intelligible.

Elle aimerait bien en donner une description qui ne ressemble pas au charabia prétentieux que déroulent certains critiques d'art avec autant d'aisance que d'autres déroulent le papier molletonné triple épaisseur accroché au mur de leurs toilettes. Mais pour le coup, c'est elle qui est au bout du rouleau de son imagination. Vide comme un rayon de supermarché une veille de week-end prolongé. Et ce visage qui revient de nouveau devant elle, toujours plus présent, toujours plus oppressant. Et toujours plus éphémère.

Bien vite, le paysage change encore. Des lumières clignotantes. Des longs couloirs carrelés couleur crème. Des silhouettes floues blanches et d'autres, vertes, qui se succèdent, accompagnées d'un brouhaha incessant et de fortes odeurs diverses et variées. En guise de monde meilleur, la voilà arrivée au bout de son périple dans le sinistre décor d'un centre hospitalier qui ne l'est pas tant que ça.

Émergeant doucement de sa léthargie, elle éprouve à cet instant une immense fatigue. Chacun des muscles de son corps lui semble être en ouate et elle ne parvient pas à aligner deux pensées de suite. Elle n'a même aucune idée du nombre d'heures qui se sont écoulées depuis qu'elle a décidé de se coucher sur ce gazon fraîchement tondu.

Elle devine néanmoins qu'au moins une nuit est passée, puisque par la fenêtre qui se trouve à la gauche de son lit, elle aperçoit la lumière du jour. Or, lorsqu'elle chut, la journée était très avancée et le soleil commençait à décliner à l'horizon…

Il n'y a personne dans cette austère petite chambre blanche qu'elle occupe. La seule activité que l'on peut remarquer est celle d'un électrocardiogramme égrenant les battements de son cœur dans une parfaite et régulière mélodie réglée à 75 bpm. Pas de quoi s'éclater en boîte de nuit, chargée à l'ecstasy. Mais largement de quoi vivre normalement.

Elle est heureuse d'être toute seule, car elle n'éprouve aucunement l'envie de parler à qui que ce soit. Elle ne veut rien d'autre qu'on lui foute la paix et qu'on la laisse refaire surface, à son rythme, consciente que cette solitude n'est qu'éphémère. À peine son rétablissement sera-t-elle officiellement constaté qu'elle ne manquera pas d'être assaillie de questions : les médecins, ses proches, ses associés, ses collègues, ses amis… tous voudront évidemment s'enquérir de son état de santé. Beaucoup par sincère compassion. Certains par pur intérêt.

Elle n'est pas dupe : dans la position dominante qui est la sienne, ils sont nombreux à attendre qu'elle tombe de son trône. Et parmi eux, ceux qui n'hésiteraient pas à y contribuer activement, s'ils le pouvaient, doivent certainement être à cette heure-ci doublement enchantés que la nature leur ait donné un petit coup de main. Leur bonne conscience n'en est ainsi pas ébranlée.

Le brouillard dans l'esprit de Véronique s'épaissit. Le temps semble passer si lentement et elle se sent si fatiguée, comme si elle n'avait pas dormi depuis des années. Ce qui n'est d'ailleurs pas loin d'être la vérité. Depuis qu'elle est entrée dans l'âge adulte (biologiquement le jour de ses 18 ans, mais physiquement et intellectuellement sans doute depuis plus longtemps), ses visites chez Morphée n'ont que rarement dépassé les quatre ou cinq heures d'affilée. Sur la durée, forcément, ça commence à peser. Après tout, depuis trente ans, elle n'a plus vingt ans...

La tête légèrement tournée sur sa gauche, elle regarde la fenêtre. Mais à part le fait qu'il fait jour et qu'il semble faire beau, elle ne voit rien, tant son angle de vision la prive de pratiquement tout le paysage. Elle aperçoit à peine la cime d'un arbre dont elle est bien incapable de donner le nom. Les leçons de botanique et les herbiers de l'école primaire lui paraissent si loin...

De l'autre côté de la pièce, elle entend la porte s'ouvrir. Lentement, c'est-à-dire aussi vite que l'autorise son état du moment, elle tourne la tête et aperçoit l'infirmier de garde avec un plateau roulant. Leurs regards se croisent.

– Ah, mais vous êtes réveillée ! Comment vous sentez-vous ?

La réponse que le soignant reçoit n'est qu'un long grognement plaintif, un son à mi-chemin entre le bruit d'un moteur de tronçonneuse tournant au ralenti dans un tuyau métallique et quelque chose qui ressemblerait au brame d'un cerf en rut après avoir inhalé de l'hélium.

– Restez bien tranquille, ne vous inquiétez pas. Cela fait trois jours que vous dormez. Il est normal que vous soyez encore un peu déphasée.

Trois jours ! Elle a du mal à le croire. Soixante-douze heures de sa vie viennent de passer sans même qu'elle ne s'en rende compte, laissant un trou béant dans le continuum qui compose son existence... Une éternité.

– Je pose le plateau ici. Prenez votre temps. C'est un plat froid. Vous mangerez quand vous en aurez envie.

Véronique n'entend même pas la fin de la phrase prononcée par l'infirmier sur un ton doux et apaisant. Épuisée par ses derniers efforts intensifs — deux mouvements circulaires de la tête et quelques pensées qui ont occupé son esprit —, elle plonge à nouveau dans le sommeil, sous le regard perçant de ce visage sans nom.

**

Quatorze heures supplémentaires se sont écoulées. Elle rouvre péniblement les yeux. L'arbre derrière la fenêtre est toujours là. Elle ne sait pas plus ce que c'est, mais elle se fait la promesse d'y remédier rapidement... Elle ne s'est même pas rendu compte que le plateau-repas a été changé. Cette fois, après quatre jours de jeûne, son contenu va forcément faire l'objet d'une attention toute particulière.

Salade de crudités et rôti de bœuf froid, une portion de fromage, une pomme et un morceau de pain : pas de quoi risquer de s'exploser la panse et l'estomac, mais au moins combler un vide presque sidéral et surtout sidérant.

Tomber les masques

Elle en est encore à ronger le trognon de son dessert pour profiter de la maigre pitance qui est la sienne, lorsque la porte s'ouvre à nouveau. Un autre homme en blouse blanche, cheveux gris, impeccablement rasé et coiffé, prend possession des lieux. C'est le docteur Delmas, le chef de ce service, qui vient lui en dire un peu plus sur sa situation et son état de santé.

Rien de dramatique. Hyperactivité et surmenage ont tout simplement eu raison de Véronique. Une pause s'impose. Un vrai repos, avec des vrais morceaux de sommeil et de relaxation. Après quatre jours de quasi-léthargie, elle se sent déjà beaucoup mieux et il ne doute pas que trois ou quatre jours supplémentaires de quiétude dans l'apaisante blancheur de cette chambre, avec visites restreintes, devraient suffire à la remettre d'aplomb.

Des visites ? Mis à part sa fidèle assistante, Franciane, qui la suit dans toute sa carrière depuis maintenant 22 ans, elle demande expressément au Docteur Delmas à ne voir personne durant son séjour ici. C'est à elle et à personne d'autre qu'elle entend donner toutes les consignes qui permettront à la banque de tourner quelques jours sans sa directrice générale.

Elle sait qu'en son absence, c'est Alessandro Fratellini, le directeur adjoint en charge de la stratégie, qui assurera l'intérim. Ce Sicilien de 53 ans est ambitieux et travailleur, et Véronique n'a aucun doute sur le fait qu'il s'acquittera très bien de cette tâche.

Mais elle sait aussi qu'il fait partie de ceux qui n'hésiteraient pas à ajouter un peu de savon sur une planche pour précipiter sa chute. Elle n'a donc, pour l'heure, pas vraiment l'intention de lui laisser prendre trop de libertés. En passant par la « case » Franciane, elle limite les risques de débordements immédiats. Son assistante sera ses yeux et sa voix durant ces quelques jours particuliers.

Sa première mission est d'ailleurs de reprogrammer la réunion de clôture du *deal* en cours de réalisation, prévue dans quelques jours. Il n'est pas question que le dossier se termine sans elle.

***

Cela fait désormais une semaine que Véronique s'est retrouvée le nez dans le gazon. Encore hospitalisée, mais plus que pour quelques heures, elle reprend petit à petit un rythme un tant soit peu normal, si tant est que l'on puisse qualifier de tel un déjeuner à 11 h 30 et un dîner à 18 h 10… Debout contre la fenêtre, elle regarde la cime de l'arbre dont elle peut désormais aussi voir le tronc et le sol qui le supporte. Cela ne lui donne toujours pas plus d'indications sur son nom, mais au moins son horizon s'est-il élargi.

Sa chambre est orientée vers le parc, côté sud : de la verdure presque à perte de vue et un petit bois qui se perd à l'infini. Elle ne manque d'ailleurs pas de se demander si ce gazon est aussi doux et agréable au toucher que celui sur lequel elle s'était couchée. Encore une autre chose qu'il lui faudra vérifier.

Elle regarde au-dehors, mais elle ne voit en réalité pas grand-chose. Ses yeux se perdent dans le vide. Elle ne ressent plus la chaleur de cette petite flamme qui a toujours brûlé en elle. Elle ne se sent plus poussée par ce carburant qui l'a si souvent fait avancer et renverser toutes les barrières qui se sont dressées devant elle. Mais elle ne s'en inquiète pas. Elle sait qu'elle vient de traverser un passage à vide et que ses batteries se rechargeront tout vite. Une alimentation protéinée et vitaminée et quelques heures de bon sommeil y contribueront.

Il se trouve que ses trois nuits précédentes n'ont justement pas été très reposantes. Plutôt agitées, même, accompagnées de ce visage omniprésent. Et la dernière de ces nuits avait été encore plus perturbée que les autres. Il était à peine 19 heures lorsque l'infirmier de garde avait évacué le plateau-repas, vide. Le temps de regarder quelques minutes un programme à la télé dont elle avait déjà oublié la teneur, elle s'était très vite endormie. Rapidement, elle fut rejointe par ce visage qui, cette fois, lui apparut moins menaçant que les nuits précédentes. Il lui semblait presque complice, surtout lorsqu'il finit par lui parler d'une voix posée et monocorde.

Elle ne parvient pas à se souvenir de ce qu'il lui avait dit. Comme ses lèvres ne bougeaient pas, Véronique ne savait pas si c'était la première fois que ce visage lui parlait ou bien si c'était la première fois qu'elle était capable de l'entendre. La scène se reproduisit à plusieurs reprises, jusqu'à ce qu'elle se réveille en pleine nuit, trempée de sueur. Elle était à la fois épuisée de cet effort intellectuel supplémentaire qui l'avait obligée à puiser dans des réserves d'énergie déjà vides, et tétanisée de cette rencontre inconsciente avec ce qu'elle analysa comme étant elle-même...

Debout, les bras croisés, face à la fenêtre, Véronique a du mal à aligner deux pensées de suite, sa journée n'ayant été qu'un incessant combat intérieur entre ses démons la pressant de bien vite se replonger dans son quotidien échevelé et ses anges gardiens la suppliant de tout poser à plat et de repartir sur de nouveaux chemins.

C'est le moment que choisit Franciane pour venir lui rendre visite, en mode « tenue du dimanche » : pas de tailleur chic, ni de chignon strict ou de lunettes aux branches d'écaille, mais plutôt un jean et un polo Ralph Lauren sur les épaules sur lesquelles cascadent ses cheveux blonds lâchés. Une autre femme en apparence, mais qui garde quand même tout son professionnalisme.

Passées les banalités d'usage, elle décrit avec précision la façon dont Fratellini, petit à petit, commence à prendre ses aises. Il n'a pas attendu pour s'octroyer quasiment les pleins pouvoirs en l'absence de Véronique, avec la bénédiction du conseil d'administration présidé par un requin répondant au nom de William F. Morris.

Franciane parle et interroge sa supérieure afin d'avoir son avis sur quelques points de gestion courante qui n'ont pas encore été pris à son compte par son remplaçant intérimaire. Cela fait naître en Véronique comme un sentiment de révolte et une énergie nouvelle : il est inconcevable de laisser Fratellini la déboulonner sans rien faire ; pas question de passer à côté du *deal*.

Cette conversation lui redonne un supplément d'âme. Elle sait qu'elle doit abattre au plus vite ses cartes si elle ne veut pas perdre la main. Elle consacre donc les heures suivantes à élaborer un plan d'action qui commence par la convocation d'une réunion extraordinaire du comité de direction puis du conseil d'administration pour formaliser son retour aux affaires et la reprise de l'ensemble de ses pouvoirs. À la suite de quoi il s'agira de mettre la dernière main à la préparation de la transaction finale et de convoquer une ultime assemblée générale des actionnaires pour en valider les termes. Et accessoirement trouver une façon élégante de faire en sorte que Fratellini ne constitue plus une menace en soi. Elle n'était pas vraiment inquiète à ce sujet : la nouvelle organisation du géant bancaire telle qu'elle se dessine était susceptible de lui offrir suffisamment d'intéressantes opportunités de carrières, à des centaines — voire des milliers — de kilomètres de là.

Dès le lendemain, Véronique signe une décharge pour quitter l'hôpital, contre l'avis des médecins qui auraient préféré la garder en observation encore quelques jours. Mais après une nuit de sommeil qu'elle jugea réparatrice, la *businesswoman* s'estime suffisamment remise pour aborder l'une des lignes droites les plus importantes, voire cruciales, de sa vie.

Accompagnée par Franciane, qui s'est occupée de toutes les formalités d'usage, elle traverse le petit parc et ne manque pas de faire un détour, foulant la pelouse fraîchement coupée

— elle en sent les doux effluves — pour se rapprocher de cet arbre qui l'avait tant marquée depuis sa chambre. L'écriteau posé au pied du tronc lui apprend qu'il s'agit d'un *Tilia tomentosa*, un tilleul argenté.

Le chemin qui mène jusqu'au grand siège de sa banque lui semble une éternité, tant elle est pressée de franchir la majestueuse verrière à l'entrée. D'échanger quelques mots de courtoisie avec les trois hôtes et hôtesses d'accueil habituellement présents dans le vaste hall supposé plonger le visiteur dans un moelleux sentiment de confort et de bien-être. De s'engouffrer dans l'ascenseur pour monter au 12ᵉ étage. De traverser les deux grands *open-spaces*. De saluer chaleureusement tous ses plus proches collaborateurs. De terminer son parcours à l'extrémité de l'aile Est de ce building futuriste et élégant estampillé du génial architecte luxembourgeois François Valentiny.

Dans son bureau de 35 m², avec vue panoramique sur la capitale, Véronique prend le temps de savourer la vision de ce monde miniature qui grouille sous ses pieds. Ce monde qu'elle va avoir à ses pieds dans quelques jours, lorsque sera signé cet accord de fusion qui fait bouillir son esprit.

Sa priorité est de remettre les pendules de l'église à l'heure… Alessandro Fratellini a pris les commandes, bénéficiant d'une vacance temporaire du pouvoir. Dans le courant même de la journée, Véronique met en application l'étape 1 de son plan : le comité de direction puis le conseil d'administration mettent un terme à la période d'intérim et lui redonnent les clés du navire. La voilà de nouveau seule à la barre.

Comme elle s'y attendait, le Sicilien tente par tous les moyens de faire valoir ce qu'il suppose être ses droits, s'appuyant sur un énoncé un peu flou des conditions dans lesquelles il a pris les commandes. Un sursaut d'orgueil bien vain, balayé par la volonté en béton armé de la directrice générale et sa rigueur juridique qui ne laissent à Fratellini aucune chance.

Contrariée par tout ce temps perdu — il aura fallu plus d'une heure et demie de palabres — elle a tout de même la satisfaction d'avoir la confirmation du fond de sa pensée sur cet individu : mieux vaut l'éloigner, au moins provisoirement, des plus hautes sphères du futur mastodonte encore en gestation.

L'accouchement est prévu dans 72 heures. Vendredi 13 juillet, à 10 h, débutera l'assemblée générale extraordinaire qui scellera les destinées des deux groupes bancaires appelés à ne faire plus qu'un. Deux heures avant ce grand show, leurs comités de direction respectifs auront déjà paraphé tous les documents légaux, qui placeront sans aucun doute Véronique au premier rang des femmes les plus puissantes du monde selon la bible *Forbes*.

Mais elle sait au plus profond d'elle que ce vendredi ne sera pas un aboutissement. Bien au contraire. Il ne s'agit, pour elle, que d'une étape supplémentaire dans sa progression et son épanouissement. Elle en a d'autant plus pris conscience lors de son court — mais encore trop long à ses yeux — séjour à l'hôpital et entend bien ne plus perdre de temps. Elle est arrivée à un niveau de maturité à la fois sociale, professionnelle et financière et estime, à juste titre, ne plus avoir de leçon à recevoir de personne.

Ce pas de plus va se faire au détriment des ambitions de certains et de l'orgueil d'autres (parfois les mêmes...), mais elle n'en a cure. Elle a suffisamment laissé passer son tour dans les premières années de sa carrière pour s'embarrasser de quelconques sentiments ou réticences à prendre désormais les devants.

Avec Franciane, elle travaille déjà sur un autre dossier, un étage supplémentaire de sa fusée qui l'emmènera encore un peu plus haut dans son accomplissement. Une affaire qu'elle souhaite ficeler le plus rapidement possible, car elle sait que toute perte de temps peut être préjudiciable. Elle ne tient pas par ailleurs à ce que ce projet s'ébruite, pour ne pas risquer un quelconque un court-circuitage ou un tir de barrage de la part de ceux qui n'en seront pas. Là encore, il faudra jouer serré : la marge de manœuvre est étroite.

***

Les flashs des appareils photo crépitent à l'unisson. Véronique, impeccable dans son tailleur en flanelle chinée avec passepoil contrasté de chez Armani, arbore son plus beau sourire, serrant la main de son nouveau directeur général adjoint, issu de l'autre groupe bancaire avec qui le mariage est désormais officiellement prononcé. La conférence de presse a été rondement menée. Le monde entier sait. Les deux époux se sont en quelque sorte juré fidélité mutuelle, mais c'est tout de même elle qui porte la culotte et préside aux destinées de ce monstre de la finance.

Assis à l'extrémité droite de la table, Alessandro Fratellini cache autant qu'il peut sa rancœur. Certes, il est nommé directeur général de la filiale asiatique du conglomérat, mais il sait que ce poste prestigieux l'éloigne, au moins un temps, du Saint des Saints. Il n'est pas dupe : il paie, là, sa tentative avortée de coup d'État. Il lui a manqué quelques soutiens stratégiques et aussi — et surtout ! — la détermination sans faille qui caractérise sa rivale devenue, en quelques heures, son ennemie jurée.

En même temps que son chewing-gum qui a perdu depuis quelques heures le parfum menthe qui était le sien à l'origine, il rumine déjà une future vengeance. Il va devoir apprendre la patience, mais il sait que son heure viendra. Il quitte la salle de presse par une porte latérale, et rejoint directement son bureau. Il doit finir de préparer son déménagement à

Singapour, d'où il dirigera tout l'empire asiatique du nouveau géant.

Véronique, de son côté, se soumet non sans une certaine fierté, aux nombreuses interviews des médias spécialisés, qui n'ont d'yeux que pour elle. C'est à qui dressera le portrait le plus élogieux et précis de cette héroïne des temps modernes. La lionne a de nouveau montré les dents et c'est toute la jungle de la finance qu'elle met au pas.

Ce n'est que tard, en fin d'après-midi, qu'elle retrouve enfin la quiétude de son bureau. Franciane l'attend et la chaleureuse accolade entre les deux femmes en dit long sur leur degré d'appréciation réciproque. Fidèle parmi les fidèles, elle fut la toute première à travailler sous ses ordres, il y a 22 ans de cela, et elles ne se sont plus jamais quittées depuis. Partout où elle est allée façonner sa carrière, aux quatre coins du monde, Véronique a toujours imposé son assistante personnelle. La question ne se pose même pas au moment où la dimension de sa fonction prend une nouvelle et gigantesque ampleur. Franciane sera évidemment à ses côtés. Sans doute mériterait-elle autant que sa patronne d'être sous le feu des projecteurs.

Le temps de s'offrir un petit dîner en duo, à deux rues de là, dans un très élégant restaurant basque, pour célébrer en toute simplicité cette opération qui fera, au moins pendant la durée du week-end, la une des médias spécialisés, les deux femmes remontent bien vite au 12ᵉ étage pour mettre la dernière main à leur prochain dossier. Autant profiter de l'euphorie ambiante pour avancer les pions suivants sur l'échiquier de leur success-story.

Mise en œuvre du nouveau *branding* ; déploiement d'un plan de communication international ; activation de la première phase des grands axes stratégiques globaux ; intégration des systèmes informatiques ; redéfinition des missions individuelles et repositionnement des ressources dans leurs nouveaux champs de compétence (sans s'épargner, au passage, un plan de restructuration basé au maximum sur des départs volontaires assortis d'un chèque comprenant plusieurs zéros avant la virgule…) : la liste est longue et loin d'être exhaustive. Le *rétroplanning* est millimétré et tous les responsables d'unité ont reçu, en même temps que la signature du *deal*, leur feuille de route pour les 18 mois à venir.

Véronique, elle, enfile un costume de cheffe d'orchestre. À charge pour elle de faire en sorte que la partition soit jouée à perfection. Son conseil d'administration et ses actionnaires seront, en la circonstance, un public d'une impitoyable exigence. Ils ont déjà prévenu qu'aucune fausse note ne serait tolérée.

Elle le sait et cela ne la freine pas dans son enthousiasme. Au contraire. Ce défi la motive au plus haut point. C'est pour vivre cela qu'elle a œuvré toute sa vie et elle s'y lance avec d'autant plus d'appétit qu'elle a en tête un coup d'avance auquel personne — hormis Franciane — ne s'attend. Pour mettre tous les atouts de son côté, elle bouche les rares trous dans l'agenda de ses longues journées par des formations continues les soirs et les week-ends, histoire de compléter son bagage managérial et opérationnel. Il n'y a pas d'âge pour apprendre… Elle doit désormais patienter jusqu'au meilleur moment pour abattre sa carte, le temps que tous les chantiers soient mis sur les rails. Elle est persuadée que l'herbe sera toujours plus verte ailleurs.

Le meilleur moment ? Il survient un autre vendredi, le 25 octobre, à 18 h 00, heure à laquelle la nouvelle tombe sur les fils info des agences de presse, provoquant un séisme sans précédent dans l'univers économico-médiatico-financier international : Véronique y annonce la démission de toutes ses fonctions dirigeantes, avec effet immédiat, « *en vue de poursuivre de nouveaux défis personnels* ». Une décision communiquée en interne 10 minutes plus tôt et qui prend tout le monde de court, depuis le conseil d'administration jusqu'aux marchés financiers, en passant par l'ensemble des membres du comité de direction et des responsables des filiales. Sans oublier tous les journaux, déjà en mode week-end, alors obligés de casser totalement leur mise en page et leur une pour rendre compte, analyser et décrypter ce sensationnel communiqué.

Les spéculations vont très vite bon train : que faut-il comprendre par « *de nouveaux défis personnels* » ? Va-t-elle se lancer à son propre compte ? Va-t-elle reprendre la direction d'un autre groupe financier pour le développer ? Le sauver ? Le transformer ? Est-elle partie d'elle-même ou bien y a-t-elle été contrainte ? A-t-elle été renversée par une révolution de palais ? Le succès au féminin a le don, parfois (souvent) d'en agacer plus d'un…

En franchissant une dernière fois la majestueuse verrière du grand building, elle sait qu'elle est la seule à détenir la stricte vérité et les réponses à toutes ces interrogations. Elle en ressent une force qu'elle n'a jamais connue auparavant. Oui, vraiment, cette fusion géante n'aura été qu'une simple étape dans sa vie et sa carrière, là où tellement d'autres y avaient vu la consécration ultime d'un parcours professionnel mené tambour battant. Son horizon n'a jamais été aussi dégagé et ce fameux sourire intérieur que seul le miroir de son âme était en mesure de refléter s'affiche désormais sur son visage apaisé et radieux.

Elle s'interdit de consulter les notifications de son smartphone qui ne tardent pas à se multiplier de manière vertigineuse. Lorsqu'elle se lève le lundi suivant, un peu après le soleil, ce sont plus de 600 mails, SMS et autres tweets qui l'attendent, sans compter les messages audio qui ont saturé sa boîte vocale. Elle sourit de plus belle en imaginant la déferlante provoquée par sa décision. Elle y pense encore en se rendant, un peu plus tard dans la matinée, auprès du plus réputé notaire de la ville, mais elle l'oublie bien vite en entrant dans le bureau en compagnie de Franciane pour déposer les statuts de la société « V&F Green Valley » qu'elles ont décidé de créer ensemble.

Comme un somptueux pied de nez, elles ont même choisi des espaces au rez-de-chaussée dans les anciens locaux qu'occupait leur banque, il y a quelques années de cela. La boucle est bouclée. Elles les connaissent par cœur et n'ont besoin, concrètement, que de quelques dizaines de mètres carrés pour commencer, profitant pleinement de la dynamique positive qui émane de ces locaux.

Après un petit détour par leur restaurant basque préféré, pour célébrer la naissance de leur bébé, elles passent par l'imprimerie pour récupérer leurs cartes de visite et les supports de communication flambant neufs assortis, à commencer par les stickers à apposer sur la porte d'entrée et la plaque métallique à poser sur la façade de l'immeuble. Il ne leur reste plus qu'à rejoindre leur nouvelle adresse professionnelle et y démarrer leur nouvelle vie. En vert en contre tous.

« *V&F Green Valley, l'herbe y sera toujours plus verte* » vante l'argumentaire de cette société de services spécialisée dans l'aménagement des jardins, espaces verts et autres parcs publics ou privés. Avec comme magnifique logo la silhouette stylisée d'un tilleul argenté. Tout est pratiquement en place. Seule manque une unique et dernière pièce pour faire de ce puzzle une toile de maître sur le chevalet de sa vie. Mais ce n'est qu'une question d'heures.

Le fond de l'air est doux. Véronique s'octroie, quelques heures plus tard, le plaisir de prendre son temps, comme jamais elle ne l'a fait auparavant, pour rentrer chez elle. Elle longe la rive gauche du fleuve, bifurque devant le temple protestant, remonte la grande avenue désormais vidée de tous ses chalands, traverse les voies du tram et s'engouffre dans une petite ruelle aux allures très résidentielles, où les jardinets parfaitement bien tondus, séparés par des haies parfaitement bien taillées, se succèdent dans une symétrie parfaitement bien ordonnée.

Elle arrive enfin dans son palais, heureuse de retrouver son hamster, ses habitudes et… Krystel. Sa sœur jumelle, sa copie conforme. La plus précieuse de ses complices. Celle-là même avec qui, parfois, elles s'amusaient, encore adolescentes, à échanger leurs places à la première occasion. Personne ne s'était jamais rendu compte de la supercherie, tant leur ressemblance était parfaite.

L'avion de Krystel s'était posé en milieu d'après-midi et elle avait tout juste eu le temps de sauter dans une voiture de location pour arriver au soleil déclinant, avant que Véronique ne rentre de son nouveau travail. Les consignes avaient bien été claires : la clé du loft l'attendait dans le pot de la plante, sur le palier.

Krikri, comme elle aimait être surnommée, était partie mener une autre vie, plus tranquille, il y a une bonne quinzaine d'années, sur un autre continent, dans une autre langue. Mais les deux sœurs étaient toujours restées intimement connectées, y compris (et surtout) par la pensée. Et Krystel n'avait pas hésité une seule seconde à revenir lorsque Véronique lui avait, il y a quelques semaines, fait part de son nouveau projet. Elle avait été emballée dès les premières secondes et son retour auprès de sa sœur sonnait pour elle comme une évidence, après une si longue séparation.

Les grands espaces et la verdure l'avaient toujours attirée. C'est pour cela qu'elle avait choisi, à l'ombre du 100e méridien, le centre géographique des États-Unis : l'immensité des plaines du Kansas, dont la devise n'avait jamais autant collé au contexte qu'en cet instant présent : « *Ad astra per aspera* » ; « *Jusqu'aux étoiles par des sentiers ardus* ». C'est aussi pour cela qu'elle souhaitait revenir, attirée par le projet un peu fou de sa sœur *businesswoman*.

Leur longue et émouvante étreinte de retrouvailles se passe de tout commentaire. Les mots sont tellement inutiles quand les cœurs en fusion se collent ainsi l'un à l'autre. Toutes les deux ont désormais la certitude que la route qu'elles ont choisie est en train de les mener jusqu'à leurs étoiles respectives.

– Merci, ma sœur chérie, d'être là, finit par souffler Véronique, étouffant un sanglot long que n'auraient pas renié les violons de ce doux automne, sans blesser son cœur d'une langueur monotone.

Dans sa poche, un aller-simple pour l'aéroport international de Kansas City et le passeport de sa sœur Krystel, qui est désormais sien, précieux sésame pour la nouvelle vie qui l'attend le long des sentiers ardus.

L'envol de l'aigle

« Il m'a fallu 17 ans et 114 jours pour réussir du jour au lendemain. »
Lionel Messi

Depuis combien de temps se démène-t-il ? Il ne le sait pas vraiment. Une heure et demie au moins. Peu lui importe. Il n'a pas ménagé ses efforts, voulant à tout prix faire bonne figure devant tous les autres. Il a conscience que sa place n'est pas forcément parmi eux et que s'il n'avait pas été lauréat d'un heureux concours de circonstances, rien de ce qui se passe à cette seconde ne serait arrivé. Il serait resté à l'écart, comme très souvent, et n'aurait pas eu la chance de vivre intensément ce qu'il considère comme une belle reconnaissance.

Alors, forcément, en cette douce fin de soirée printanière, il met les bouchées doubles. Ce n'est pas parce qu'il ne s'est pas toujours senti légitime aux yeux des autres qu'il ne doit pas avoir voix au chapitre. Même si, pour cela, il a fatalement dû faire preuve d'une abnégation et d'un engagement hors-norme. Appliquer des gestes répétés des centaines, peut-être des milliers de fois, souvent bien plus que les autres. Pour courir plus vite, sauter plus haut, se sentir plus fort et savoir jouer des coudes.

Un peu comme dans la chanson de Jean-Jacques Goldman. « *Pour être le premier, pour arriver là-haut, tout au bout de l'échelle. Comme ces aigles noirs qui dominent le ciel* ». Et même si, lui aussi, y avait laissé « *beaucoup plus que des plumes, des morceaux entiers et certains disent même un peu d'identité* », il ne regrettait rien de ce parcours cahoteux, de ces galères où il avait ramé plus que de raison, de ces océans de marasme où il avait manqué mille fois de se noyer. Il n'était pas un aigle, mais il avait appris, à la dure, à voler de ses propres ailes.

Dans l'absolu, peu lui importe d'être à tout prix le premier. Il ne rêve pas de poser sur sa tête de quelconques lauriers de la gloire. Les lumières des projecteurs ne l'attirent pas plus que ça. Il s'y sentirait même davantage comme un lapin traversant une route, aveuglé par les phares de la voiture qui serait sur le point d'en faire du civet.

Son désir le plus ardent ? Tout simplement pouvoir s'élever au-dessus de la mêlée. Récolter, enfin, à leur juste valeur, les fruits de tous ces efforts. Il ne voulait pas qu'ils eussent été vains. Il avait été suffisamment giflé, sans répit, par les vents froids d'hiver. Il avait tellement sué sang et eau dans les chaleurs de l'été, impitoyables. Combien de fois avait-il vomi ses tripes et ses boyaux de trop d'efforts fournis, plus que son corps n'était capable d'endurer ? Il avait tant martyrisé ses muscles, ses articulations, parfois même ses os, pour aller toujours un peu plus loin, au-delà de lui-même, pour avaler tous les obstacles qui s'étaient, obstinément, dressés sur son chemin.

Et voilà que ce soir, un autre surgit devant lui. Un simple mur. Banal. Assez large, certes, mais certainement pas infranchissable. Derrière, il sait qu'un gardien l'attend. L'ultime rempart vers un monde qu'il devine meilleur. Mais il sait aussi que s'il parvient à se jouer de sa vigilance, il aura enfin gagné sur toute la ligne.

La verticalité géométrique de ce mur, contrastant catégoriquement avec la modeste platitude de son parcours de forçat, ne suscite pourtant pas en lui la moindre frayeur ni la plus petite once d'angoisse. À ce moment précis, il se sent tout simplement invincible, intouchable. Comme ces « Super-héros » que l'on trouve dans les *comics* américains.

Du plus loin qu'il s'en souvienne, sa vie n'a en effet été qu'un combat permanent. À l'école primaire, déjà, lui, le petit rouquin, était raillé par tous ses camarades et montré du doigt comme une bizarrerie de la nature. La violence, souvent inconsciente, de ces mots, ces pensées et, parfois, ces actes d'enfants, avait eu raison de la bienveillance de ses institutrices qui n'avaient pourtant pas ménagé leur peine pour le protéger au mieux.

Au collège puis au lycée, entré dans l'âge ingrat comme certains entrent au bagne, les choses ne s'étaient guère arrangées. Même après un déménagement dans une autre ville, une autre région. Sa crinière rousse et ses taches éponymes constituaient inévitablement une source de curiosité souvent malsaine, que n'auraient pas reniés les *freak shows* d'antan. On n'était certes pas au niveau de la femme à barbe ou d'*Elephant Man* (et pourtant il partageait le même prénom que ce pauvre Joseph Merrick), mais il était difficile de ne pas avoir de la compassion pour ce poil-de-carotte malgré lui.

Il aurait évidemment tant aimé se réfugier dans les bras de son père, où il se serait senti en sécurité. Mais de paternel, il n'y avait point. Même pas en souvenir, hormis quelques photos, la plupart en noir et blanc, les autres un peu jaunies. Un homme assez grand, avec un tatouage sur l'avant-bras gauche, portant un foulard autour du cou, pour cacher la cicatrice d'une trachéotomie, lui avait toujours expliqué sa mère, qui restait systématiquement très évasive à ce sujet, autant que sur les raisons pour lesquelles il les avait, elle, lui et son grand frère, abandonnés du jour au lendemain, quelques semaines avant sa naissance.

Son grand frère… Il aurait pu aussi trouver auprès de lui un soutien, un réconfort, un appui solide. Mais de frangin, il n'y avait point non plus. Ou, plus précisément, il n'y avait plus. Lorsque Joseph avait 8 ans, son frère, de 10 ans son aîné, avait choisi de partir vivre sa vie à lui, à peine soufflée sa 18e bougie. Il ne l'avait presque plus jamais revu depuis…

Alors forcément, avec son physique de radeau à la dérive et sa pauvre mère comme seul port d'attache, Joseph ne put que traverser tant bien que mal tout le reste de son enfance et adolescence, forgeant sa carapace au gré des coups reçus — au propre comme au figuré — en tant que souffre-douleur officiel d'une bande de jeunes qui se croyaient les maîtres du monde.

En ce temps-là, le harcèlement scolaire, bien que déjà largement répandu, n'était pas encore à la mode. Pas d'articles, de reportages TV ni de livres pédagogiques à son sujet. Tout ce qui se passait derrière les murs du collège ou du lycée restait généralement derrière les murs du collège ou du lycée.

Les murs… Combien en avait-il rasé pour passer le plus inaperçu possible ? Combien avait-il tenté d'en escalader — rarement avec succès — pour pouvoir échapper à ses tortionnaires ? Combien de fois s'y était-il retrouvé adossé et y avait encaissé tant et tant de souffrances sur si peu de centimètres carrés ? Sur combien d'entre eux avait-il caressé l'espoir de se débarrasser de ses ennemis intimes, en venant y fracasser leurs corps ? Sur combien d'autres, le désespoir aidant, avait-il imaginé en finir une bonne fois pour toutes, en venant s'y fracasser la tête lui-même ?

Et puis il y eut ce matin béni de juin. Pluvieux. Le jour où furent affichés les résultats des examens de la dernière année. Une feuille scotchée à la va-vite, qui lui offrit laborieusement (mais pouvait-il en être autrement ?) une porte de sortie, là où bon nombre de ses bourreaux avaient vu leur tête tomber dans la sciure de leur inculture et de leur incompétence.

La roue avait fini par tourner et Joseph prit conscience, ce 28 juin, le front ruisselant d'une fine pluie d'été, qu'un mur peut être autre chose qu'une façade de malheur. Qu'il ne marque pas forcément la fin d'une issue. Qu'on peut y accrocher autre chose que des lamentations. Ce fut comme une révélation, une illumination dans son esprit encore embrumé par tant d'années de brimades et de rabaissements.

Il en avait puisé une force nouvelle qui lui avait permis de mieux vivre sa vie de jeune adulte. Il s'était très rapidement senti… mûr pour cela. Le sport, qu'il avait toujours pratiqué en exutoire de ses souffrances, était alors devenu pour lui un vrai

Tomber les masques

tremplin. Sans talent ni génie particulier, certes, mais au prix de beaucoup de travail et d'efforts, il avait fini par creuser son petit sillon dans le vaste champ de l'univers du football, local, régional puis national.

Même si les graines qu'il y avait semées ne poussaient pas à la vitesse qu'il espérait, son parcours et sa progression avaient été plutôt linéaires. Partenaire modèle, porteur d'eau pour les grandes vedettes de son équipe, travailleur de l'ombre... il n'avait que rarement été le sujet principal des articles dans les journaux et les magazines spécialisés, mais il avait toujours été là, fidèle aux postes qui lui avaient été confiés.

Devenu professionnel sur le tard, à l'orée de la trentaine, il avait enchaîné les neuf saisons suivantes dans quelques clubs modestes. Sans défrayer la chronique. Sans remporter le moindre trophée ni même connaître l'ivresse d'une promotion dans la division supérieure. Sans même vraiment gagner ses galons de titulaire. Ses feuilles de statistiques révélaient implacablement sa situation d'éternel remplaçant, trop occasionnellement invité à prendre part au jeu. Il se considérait presque comme un intermittent du spectacle : jamais assuré, lorsqu'il disputait un ou deux matches d'affilée, d'en ajouter un autre à son palmarès la semaine suivante.

Mais cette fois, tout lui avait souri. Les blessures combinées de deux des titulaires indiscutables de son équipe l'avaient, mécaniquement, propulsé sur le terrain pour ce dernier match de la saison. Son ultime partie pour lui aussi, d'ailleurs, alors qu'il était arrivé à un âge où bon nombre de footballeurs professionnels ont déjà raccroché leurs crampons. N'est pas Paolo Maldini qui veut ! Son modèle, sa référence. L'international italien, fidèle au seul club du Milan A.C. durant les 25 années de sa carrière, tourna la page à l'âge de 41 ans.

Mais il s'agit aussi, peut-être, du dernier match pour son club, le Racing Olympique, dont l'avenir est en train de se

Tomber les masques

décider face à l'ennemi juré, voisin de 69 km, avec qui se dispute régulièrement, la suprématie régionale.

Sauf que là, il ne s'agit pas de souveraineté ni de clocher qui sonne plus fort ou qui se dresse plus haut que l'autre. Il est question de survie. Car seule la victoire assurera le maintien du club au niveau professionnel. Un match nul ou une défaite signifiera une relégation en division inférieure, c'est-à-dire sa disparition pure et simple du paysage. Un cataclysme impensable pour cette ville qui, hormis son équipe de foot, n'a pas vraiment d'autres atouts à faire valoir.

Alors, au moment où ce match-couperet est sur le point de s'achever, ce n'est pas cet ultime mur qui se trouve, là, devant Joseph, qui va l'empêcher de toucher enfin son Graal. De refermer définitivement le livre de sa vie d'avant, noirci de frustrations et de déceptions. D'en ouvrir un nouveau, riche de milliers de pages blanches qu'il est prêt à bleuir à l'encre de sa réussite enfin reconnue.

Le chronomètre de l'arbitre a déjà largement dépassé la mesure du temps réglementaire. Lorsque cet ultime coup-franc aura été tiré, le directeur du jeu sifflera trois fois, sans même attendre que le match ne reprenne. Il mettra un terme à ce combat indécis et peu enthousiasmant, qui a vu aucune des deux équipes n'inscrire le moindre but. Un triste 0-0 qui condamnerait donc Joseph et les siens à une irrémédiable descente aux enfers. À moins que…

À moins que cet ultime coup-franc ne se transforme en coup gagnant. Et Joseph entend bien jouer un rôle décisif. Surtout que les deux préposés habituels à ce noble exercice ont, entre temps, quitté le terrain. L'un s'est blessé en milieu de deuxième mi-temps et l'autre vient de se faire expulser pour quelques mots de trop balancés à la face du corps arbitral. Il faut dire qu'en sifflant une faute à la limite de la surface de réparation et non pas le penalty que tout le monde dans les tribunes avait pourtant vu, l'arbitre n'avait sans doute pas pris la décision la plus juste de sa carrière. Mais il n'avait guère apprécié les noms d'oiseau dont il fut alors gratifié et il avait sorti son carton rouge.

Comme un volcan en éruption, c'est tout un stade qui entre en fusion, imprégnant à l'atmosphère déjà bien pesante un supplément de tension dramatique presque insoutenable. Mais Joseph n'en a cure. Il s'est isolé du monde et de tout ce fracas autour de lui. Il a décidé de prendre lui-même ses responsabilités et personne ne pourra l'en empêcher.

Il pose le ballon presque tangent à la ligne blanche distante du but de 16,5 mètres. Cela suffit à figer soudainement le décor, aussi efficacement que l'aurait fait un coup de baguette magique. À ce moment-là, c'est toute une ville qui retient alors sa respiration, suspendue à cet ultime geste que le joueur s'apprête à commettre. Au bouillonnant tumulte qui secoue l'arène depuis deux bonnes minutes succède un assourdissant silence quasi religieux. Même la légère brise du soir n'ose plus souffler, pour ne pas gâcher la magie de l'instant.

Les mains sur les hanches, Joseph regarde dans le blanc des yeux, un par un, les huit joueurs adverses qui composent le mur à moins de 10 mètres de distance. Il s'imagine alors avoir en face de lui les visages de quelques-uns de ceux qui l'avaient tant fait souffrir dans son adolescence. Il s'apprête, en une seule et unique occasion, à les éradiquer purement et simplement de ses pires souvenirs, dans un geste aussi élégant que non violent.

Le temps s'est comme arrêté. Joseph est plus que jamais dans sa bulle. Son monde à lui n'a désormais comme seul et unique horizon que le but adverse. Peu importe ce(ux) qui se trouve(nt) sur son chemin.

Deux pas d'élan, un pied gauche qui vient fouetter le cuir avec grâce pour lui donner une trajectoire courbe et c'est toute une mécanique des fluides qui se met alors en action. Un mouvement de rotation de la balle sur elle-même dans le sens des aiguilles d'une montre ; une réaction de l'air proportionnelle au carré de la vitesse de la sphère de cuir ; des traînées d'air qui agissent différemment devant et derrière elle ; une parabole parfaite qui contourne le mur par sa droite, un peu en hauteur, évite le bout des gants du gardien en pleine détente et finit par faire trembler les filets du but, après avoir tutoyé en finesse le poteau.

À ce niveau de pureté, ce n'est même plus du football, mais de l'art conceptuel. Sublime. Le mouvement idéal incarné.

Sur et autour du terrain, c'est l'embrasement. Une ovation tonitruante. Une explosion indescriptible. Un feu d'artifice démentiel. Et Joseph, qui disparaît sous une montagne de coéquipiers en liesse venus le féliciter, passe en l'espace d'une fraction de seconde, d'oisillon maladif à aigle royal ; de soldat inconnu à héros immortel. De la trempe de ceux qui dont le nom est destiné à être gravé quelque part sur le tableau d'honneur de la ville. Celui qui sera accroché sur le plus beau des murs de la mairie.

Dans la tribune, sa mère ne peut retenir ses larmes. Elle qui a tout sacrifié, ou presque, pour que son Joseph s'en sorte dans la vie. Ce soir de gloire est aussi le sien, quelque part. À défaut d'une famille unie, elle aura eu au moins le bonheur de savoir qu'un de ses fils a finalement été capable de rendre heureux des dizaines de milliers de gens, dans les tribunes et devant leur écran de télévision. Cela lui suffisait amplement comme récompense. Elle n'aurait plus besoin, ou envie, d'autre chose. Elle n'aurait plus, elle non plus, à raser les murs pour fuir certains regards méprisants ou hautains.

À 280 kilomètres de là, à vol d'oiseau, quelques larmes ruissellent sur les joues d'un vieil homme avec un tatouage sur l'avant-bras gauche et une écharpe aux couleurs du Racing

Olympique soigneusement enroulée autour du cou pour cacher une vilaine cicatrice.

Filature

« L'aide la plus efficace d'un inspecteur de police, c'est le hasard. »
Tristan Bernard

À travers le volet roulant presqu'entièrement baissé, le soleil tentait de se frayer un passage, déposant sur le parquet de notre chambre comme des traînées de lumière qu'un artiste céleste aurait distraitement laissées tomber de sa toile de ciel.

J'avais quitté le lit sans faire de bruit, pour ne pas réveiller celle qui dormait à mes côtés. La plus belle femme du monde. La mienne. Je bénissais chaque jour le destin qui nous avait fait nous rencontrer. Je ne pouvais pas m'imaginer être plus heureux auprès de quelqu'un. Après un mariage raté et quelques fréquentations au goût d'inachevé, il était temps que la roue tourne dans le bon sens.

Je n'avais pas traîné pour quitter le douillet petit pavillon dans la périphérie chic de la ville, avec salon, salle à manger, deux chambres et bout de jardin. Ma journée, comme toutes les autres, s'annonçait encore pleine d'incertitudes. On ne sait jamais de quoi peut être fait l'emploi du temps d'un commissaire divisionnaire.

Surtout que, à peine arrivé dans les vétustes locaux de la police judiciaire, j'eus la désagréable surprise de voir, dans mon bureau, ma cheffe. La cinquantaine bien tassée, une allure de garçon manqué, un regard sévère et une petite mouche posée sous la lèvre inférieure. Il y a trois siècles, cela révélait, paraît-il, la personnalité friponne de celle qui l'arborait. Je doutais qu'il en fût de même avec ce dragon qui dirigeait le service d'une main d'acier dans un gant de fer.

J'avais à peine eu le temps de saluer toute mon équipe d'un joyeux « *Salut la compagnie* » que je m'étais retrouvé en tête à tête avec ce dragon.

– Vous en êtes où avec Garnier ?, me lança-t-elle sèchement, sans aucun préliminaire, avec un ton qui n'autorisait aucune fausse note dans la réponse.

Garnier. Prénom : Jacques. Âge : 58 ans. Profession : richissime homme d'affaires franco-suisse, actif principalement dans le domaine de l'armement. Signe particulier : a été kidnappé il y a à peine deux jours en pleine rue, alors qu'il sortait de chez lui. Sa disparition, médiatiquement très commentée, avait eu pour effet de rendre tout le monde extrêmement nerveux, des couloirs du commissariat jusqu'au bureau du ministre de l'Intérieur en passant par les marchés financiers. Surtout que 37 heures après le rapt, aucune demande de rançon n'était parvenue, ni à la famille, ni au siège de la société à La Défense, alors que cet homme pesait à lui tout seul quelques milliards d'euros.

Cela laissait le champ libre à tous types d'hypothèses, y compris les plus pessimistes. Sans compter tous les enjeux collatéraux qui dépassaient largement le cadre de compréhension, voire de compétences, du simple commissaire que je suis.

– Faites-moi confiance, fut la seule réponse intelligente que je pus retourner à ma cheffe. Elle avait dû s'en contenter. Elle savait évidemment que j'avais des taupes infiltrées dans le milieu du grand banditisme et elle comptait bien sur ces sources d'information pour régler au plus vite cet encombrant dossier.

Ce qu'elle ignorait, en revanche, c'est que l'un de mes indics semblait avoir découvert une piste susceptible de me mener tout droit à la planque où Garnier était probablement retenu.

Cela dit, à cet instant-là, il était difficile de lui en vouloir, puisque j'étais moi-même dans l'ignorance. Cette information cruciale ne m'était parvenue qu'une bonne demi-heure après ce court et désagréable échange. J'avais donc eu bien raison de me faire confiance.

J'eus à peine le temps d'envoyer un SMS à ma fille, que je n'avais pas vue depuis plusieurs jours. De mon passé sentimental pour le moins chaotique, elle était la seule chose que je pouvais me vanter d'avoir réussie. Elle suivait de brillantes études de droit — bien que j'aie tenté de l'en dissuader par tous les moyens légaux dont je disposais — et j'avais la chance de garder avec elle un contact privilégié, quoique trop épisodique à mon goût. Les réseaux sociaux et les technologies de communication modernes auxquels je me raccrochais non sans mal constituaient la seule façon, pour moi, d'être — d'une certaine manière — au plus près d'elle.

Je vérifiai, par réflexe, que mon arme de service était bien en place et prête à l'usage dans mon holster d'épaule, et je pris au vol mon blouson. Passant devant la machine à café, il ne me fallut que quelques secondes pour avaler ce qui était supposé être un « *café* », avec toutes les restrictions et les guillemets d'usage. J'alertais ensuite toute ma brigade de l'urgence absolue de l'intervention qui se préparait. J'avais besoin de tout le monde, toutes affaires cessantes.

La police est souvent considérée comme une famille. À juste titre. Je passais généralement plus de temps au commissariat ou sur le terrain que chez moi. Et j'avais la chance d'être entouré d'une équipe formidable, mixte — trois hommes et deux femmes — dévouée et très compétence.

Bertrand et Ludo étaient les plus anciens, arrivés avant moi. Ils m'avaient grandement aidé à prendre mes marques à la tête de ce groupe et m'avaient efficacement débroussaillé, voire déminé le terrain.

Tomber les masques

Marie était, à l'opposée, la petite dernière, fraîchement sortie de l'école et qui avait fait ses premières armes dans le difficile commissariat de Sarcelles. Son professionnalisme, son calme et sa maîtrise des arts martiaux en avaient fait un élément rapidement remarqué. Ses états de service étaient très vite remontés jusqu'à mes oreilles et lorsqu'il s'était agi de remplacer Christian, parti à la retraite, j'avais directement jeté mon dévolu sur Marie.

Le plus dur ne fut pas de la convaincre, elle, mais plutôt ses supérieurs. J'avais heureusement la chance de bien les connaître et l'affaire fut rapidement conclue en échange de quelques petites contreparties qui ne relèvent de rien d'autre que de la cuisine interne à la police nationale. Tout le monde y avait trouvé son compte, c'était l'essentiel.

Et puis il y avait Stéphanie et Georges. Dix-huit années de services irréprochables. Aussi brillants tireurs que fins psychologues et méticuleux enquêteurs. Je me demande même comment ils n'ont pas été promus à des postes taillés à leurs profils. Mais je les soupçonne — sans jamais avoir eu de preuves formelles, tant leur discrétion est à la hauteur de leurs compétences — de vivre une belle histoire d'amour. C'est sans doute pour cela qu'ils se contentent de rester ce qu'ils sont.

Bertrand, Ludo, Marie, Stéphanie, Georges… J'avais, pour chacun d'eux, une affection particulière, nourrie de souvenirs merveilleux empreints de solidarité, de compassion et de compréhension sans qu'il soit toujours nécessaire de se parler. Certains clins d'yeux avaient, pour nous tous, bien plus de valeur qu'un acte notarié. Et tous, entre eux, éprouvaient la même chose. Ce qui rendait notre équipe invincible. Les rares fois où l'un d'entre nous flanchait, il y en avait toujours au moins deux pour lui venir en aide.

Notre métier était, par nature, dangereux, et je faisais le maximum pour épargner à toute cette bande – cette famille devrais-je dire – des risques inutiles. Dans le cas présent, je n'avais aucune idée de ce qui nous attendrait. Nous devions foncer tête baissée sur la foi d'un renseignement de première main — cet indicateur était d'une fiabilité à toute épreuve — dans l'ignorance absolue de la force et de la motivation de l'ennemi. Petit voyou en mal de sensations ou bande organisée et suréquipée : nous ne savions pas du tout sur qui ni sur quoi nous allions tomber.

Se rendre sur place, avec deux voitures banalisées, ne nous prit que quelques minutes. Direction : un quartier très calme au sud du centre-ville et un petit immeuble résidentiel à l'angle de deux rues à sens unique. En nous stationnant un peu plus loin, à portée de vue, nous n'avions aucune idée du temps ni de la marge de manœuvre dont nous disposions. Nous étions simplement prêts à toute éventualité, comme nous l'étions à chaque intervention.

Il fallut d'abord d'observer les va-et-vient devant l'immeuble. La partie la plus laborieuse et pénible de notre métier. Surtout quand cela dure toute la journée. Il ne faisait heureusement pas une grosse chaleur, dehors, et nous avions pu garder un certain niveau de fraîcheur dans nos voitures.

Mon angle de vue donnait sur la porte d'entrée de l'immeuble et je reconnus bien vite René, ma taupe, qui sortait et rentrait régulièrement, jetant des coups d'œil nerveux dans la rue et semblant faire le guet. Le manège dura un petit moment et s'intensifia en début de soirée. Jusqu'à l'instant tant attendu où une grosse berline noire de marque allemande, aux vitres teintées et aux jantes métallisées, vint enfin s'arrêter au coin de la rue.

Tout s'enchaîna alors très vite. Sous le regard de René, qui sécurisait les lieux, trois hommes surgirent du bâtiment. Celui du milieu, que je n'eus pas le temps de bien voir, était visiblement emmené de force par les deux autres. Ils s'engouffrèrent dans la voiture qui démarra en douceur, comme pour ne pas se faire remarquer. La scène n'avait pas duré plus de 10 secondes.

Une filature discrète s'engagea alors, avec le renfort de plusieurs véhicules d'autres services, appelés au fur et à mesure. Il fallait faire vite : je ne voulais pas me retrouver sur l'autoroute où il aurait été plus compliqué d'intervenir.

C'est donc sur le dernier carrefour avant l'entrée de la voie rapide que je donnai le signal. Une voiture banalisée devant, deux sur les côtés et une autre derrière : le piège était parfait. Brassard bien en vue et armes au poing, il ne nous fallut que quelques secondes pour fondre sur la cible comme l'aurait fait un essaim de sauterelles sur un champ de blé.

L'intervention fut si soudaine que le conducteur de la berline ne tenta même pas de manœuvre désespérée pour se dégager. Il posa tout de suite les deux mains à plat sur le tableau de bord, en signe de soumission, le regard effrayé de la bête traquée qui sent venir sa dernière heure. Les trois occupants à l'arrière n'opposèrent pas plus de résistance. Du moins deux d'entre eux, vu que le troisième, celui du milieu. Il s'agissait bien de Jacques Garnier, les traits tirés, un peu amaigri, mais visiblement en bonne santé.

L'interpellation se fit sans heurt. On était loin du carnage de la place Clignancourt, un jour de novembre 1979, lorsque Jacques Mesrine et sa BMW furent transformés en passoire par les hommes du commissaire Broussard. 18 impacts de balles dans le pare-brise, trois autres dans la carrosserie : ce ne fut pas une interpellation musclée, mais une mise à mort pure et simple de l'ennemi public numéro un de l'époque. Même le poinçonneur des Lilas n'aurait pas fait autant de trous en si peu de temps…

Cette fois, pas un seul coup de feu ne fut tiré, même si mes hommes (et femmes) et moi avions tous dégainé nos armes au moment de l'intervention. Nous n'avions simplement pas à faire au niveau Champions League du banditisme. Tout juste des amateurs qui pensaient avoir fait sauter le casino en mettant la main sur Garnier.

Un fourgon arriva quelques instants plus tard sur les lieux pour embarquer les trois malfrats. Je confiais l'ex-otage à Stéphanie pour qu'elle le ramène au commissariat avant que l'on puisse annoncer aux médias la bonne nouvelle de sa libération. Les marchés boursiers en seraient évidemment rassurés et les actions de son groupe repartiraient certainement à la hausse.

Le soleil avait fini par ramasser ses rayons pour les emmener avec lui, plus à l'ouest. Cette journée un peu folle touchait à sa fin, après avoir connu son climax. Les badauds et les curieux avaient repris le cours normal de leur existence, à peine égayée par cette spectaculaire opération de police. J'avais, moi aussi, repris le mien et décidé de marcher un peu pour me changer les idées. J'en avais profité pour appeler mon dragon de cheffe et lui laisser le plaisir de se pavaner devant les médias qu'elle n'allait pas manquer de convoquer séance tenante.

J'avais ensuite échangé des SMS avec ma fille et m'apprêtais à rejoindre la plus belle femme du monde, la mienne, à qui j'avais donné rendez-vous dans un petit restaurant sympa à deux pas d'ici. Le bleu des gyrophares se perdait dans l'horizon. La ville respirait la fraîcheur d'un paisible soir d'automne. Dormez tranquilles, braves gens, nous sommes là pour vous protéger.

Le générique de fin peut défiler : ce nouvel épisode du feuilleton à succès *Police* va encore faire exploser l'audimat et les parts de marché.

Quatre à la suite

« Ainsi que la vertu, le crime a ses degrés. »
Jean Racine

Les apparences sont parfois bien trompeuses. Armé d'une paire de jumelles, depuis la maison d'en face, je m'amuse à la regarder, dans cette cuisine, s'affairer autour du plan de travail. Un couteau dans la main, elle est en train d'éplucher et couper quelques légumes. Vêtue d'un tablier à fleurs, d'un goût aussi douteux que le carrelage de la pièce, un vieux jean délavé et des Crocs aux pieds, elle n'a plus du tout l'allure de la femme distinguée que j'ai l'habitude d'observer.

Les apparences sont parfois bien trompeuses. Si j'espionne ainsi cette jeune femme, ce n'est certainement pas parce que je suis un voyeur libidineux à l'affût du moindre fait et geste de ma voisine d'en face. Je suis tout simplement en mission commandée. Et dans moins d'une heure, je vais devoir rendre des comptes à mon commanditaire. Dans le cas présent, le père de cette jeune femme.

Elle ? C'est Rose Tracy Percy, descendante en ligne directe des premiers comtes de Northumberland, ce dernier espace de terre anglaise qui mène tout droit à l'Écosse. Du sang bleu comme ses yeux et un caractère en acier trempé, aussi fort que celui de l'aïeul Henry, qui prit possession du château de Warkworth au 14e siècle et mena une rébellion contre le roi Henry IV. Cela ne lui réussit guère, d'ailleurs : c'est aux quatre coins du Comté qu'on le retrouva après sa mort au combat. Éparpillé par petits bouts, façon puzzle. Henry, quand on lui en faisait trop, il dispersait, il ventilait…

Sept siècles plus tard, les velléités guerrières de ses ancêtres se sont dissoutes et n'ont heureusement plus vraiment lieu d'être. C'est à peine si la haine du voisin écossais ressort une fois par an, en moyenne, sur un terrain de rugby, quand le XV de la Rose vient se frotter à celui du chardon. Il fallait voir rayonner Rose Tracy Percy, il y a deux jours, lors de la réception donnée dans le manoir, pour constater combien elle est plutôt en faveur du rapprochement des peuples, surtout quand le peuple en question est grand, brun, au regard un tant soit peu ténébreux et dispose, tant qu'à faire, de quelques richesses bien placées.

Dans sa robe fourreau rouge flamboyant, avec ses cheveux blonds tombant en cascade sur ses épaules, elle ressemblait presque à une sirène. Seul un œil attentif et bien entraîné pouvait apercevoir, de manière très sporadique, ses Louboutin, unique élément de la partie inférieure de son corps révélant son implacable nature humaine. Moi qui ne suis ni grand, ni brun, qui porte des lunettes et ne dispose pas spécialement de fortune personnelle, je me suis fait une raison : je n'en ai, a priori, aucune de me retrouver à barboter dans le même bocal qu'elle. Mais ça tombe bien, car je ne suis pas du tout là pour ça.

Je me contente de l'observer, sans éprouver le moindre sentiment par ailleurs. Je suis en mission commandée, et je ne mélange pas travail et plaisir. C'est une règle de base du métier. Je ne m'appelle pas Nestor Burma... De toute façon, j'ai bien trop le sens de la réalité et de l'humilité pour imaginer me sentir comme un poisson dans l'eau dans son univers.

Du haut de ses 28 ans, cette créature mi-ange, mi-démon et midinette quand ça l'arrange, n'est peut-être pas encore perdue. Mais le chemin sera sans doute bien long pour quiconque voudra la transformer de la riche héritière un peu trop gâtée qu'elle est en une femme respectable et respectée qu'elle pourrait être. Certains préjugés ont parfois la vie dure. Certaines habitudes prises dès la naissance, ou presque, encore plus.

Dans son couffin, la cuiller qu'elle a eue dans la bouche n'était certainement pas en argent, mais plutôt en or massif. Ça n'aide pas forcément pour se construire en tant qu'adulte avec des valeurs simples et humanistes.

Miss Percy passait davantage pour une petite fille pourrie-gâtée qu'un modèle de savoir-vivre et d'élégance parfois surannée, *so british*. Sa plastique quasi idéale et son visage particulièrement esthétique lui permettaient de franchir de nombreux obstacles sans avoir à fournir trop d'efforts. Certaines mauvaises langues lui attribuaient volontiers des mœurs légères, d'autant plus qu'on ne lui connaissait pas de petit ami « régulier ». Reste à savoir à partir de quel moment une vie de jeune adulte sans complexe bascule dans la légèreté des mœurs.

En tous les cas, dans la grande salle de réception qui a accueilli avant-hier soir une trentaine de convives, tout le monde n'avait eu d'yeux que pour elle. Il aurait été difficile de faire autrement, tant sa grâce et son charisme survolaient toute l'assistance. Pourtant, il y avait autre chose qui planait dans l'air vicié de cette pièce. Quelque chose d'indicible, mais qui justifiait ma présence pour le moins saugrenue. Un parfum de mort.

Probablement aucun des convives papillonnant autour d'elle n'avait conscience que, là où se trouve Rose Tracy Percy, la grande faucheuse n'est jamais très loin. Et ceux qui le savaient avaient sans doute préféré jeter sur ce constat un voile pudique pour ne pas se priver d'une soirée haut de gamme. Le genre d'événement qu'il est inconcevable de manquer, surtout quand on fait partie des invités triés sur le volet. De telles occasions se font plutôt rares dans ce comté pour le moins rural. Raison de plus pour ne pas s'arrêter à de si insignifiants détails.

Pourtant, il y a six mois et plusieurs dizaines de kilomètres de là, une autre soirée à laquelle elle était présente s'était terminée tragiquement. La scène se déroula dans un hôtel particulier près de Haltwhistle, que d'aucuns ont considéré, à la fin du siècle dernier, comme étant le centre géographique de la Grande-Bretagne. Un clin d'œil quand on sait qu'à quelques jets de pierre de là se trouve le mur d'Hadrien, cette version miniature de la Muraille de Chine que l'on doit à l'empereur romain du même nom et qui symbolisa, durant de longues décennies, la frontière nord ultime de l'Empire romain.

Depuis la fenêtre du bureau du maître des lieux, en haut de la tourelle sud du manoir, on aperçoit d'ailleurs quelques vestiges de ce mur. Mais ce soir-là, c'est surtout le cadavre d'un des convives — un ancien militaire de carrière, reconverti dans la sécurité privée — qui y fut découvert criblé de balles.

L'enquête n'a, à ce jour, abouti à aucune conclusion sérieuse. Tous les invités — ils étaient 17 — sont potentiellement suspects, mais les fins limiers de Scotland Yard — la police locale avait rapidement transféré le dossier à un échelon plus haut, compte tenu de la notoriété de la victime — n'avaient rien réussi à prouver, à aucun niveau. Personne n'avait rien vu ni entendu et personne n'avait non plus de mobile particulier justifiant de s'en prendre à lui. Ce crime était ainsi venu se rajouter à la liste des dossiers encore en cours et nul ne sait vraiment s'il sera un jour bouclé.

Trois mois plus tard, l'histoire bafouilla presque. Une autre réception guindée ; un autre petit manoir perdu au milieu de nulle part, cette fois sur la côte ouest, dans le comté voisin de Cumbrie, avec vue — par beau temps — sur la mer d'Irlande ; et un autre cadavre découvert peu avant minuit. Celui d'une femme, cette fois-ci. Une jeune retraitée de la fonction publique, poignardée à plusieurs reprises dans un salon attenant à la salle de réception principale.

Les 14 invités furent mis en quarantaine en attendant l'arrivée de la police, ce qui prit un peu de temps, car les conditions météo de ce soir-là furent épouvantables. Une violente tempête avait rendu périlleux tout déplacement dans un coin aussi reculé de toute civilisation urbaine. Parmi tous les suspects, trois avaient également participé à la petite sauterie de Haltwhistle. Dont Miss Percy. Mais, là encore, chou blanc pour les enquêteurs, incapables de boucler cette affaire.

Jamais deux sans trois ? Il y a sept semaines, c'est dans la bibliothèque d'un château près de la frontière écossaise qu'un troisième cadavre s'ajouta au décompte. Dans des conditions un peu différentes, certes, car le malheureux propriétaire des lieux, qui avait organisé une fête pour le moins extravagante à l'occasion de son 50e anniversaire, avait été retrouvé pendu. Son corps se balançait à une des grosses poutres apparentes qui faisaient tout le charme de cette pièce.

Le suicide n'avait fait aucun doute pour les enquêteurs, qui n'avaient donc pas poussé très loin leurs investigations ni leurs interrogatoires auprès de la cinquantaine d'invités présents. Pourtant, n'importe quel inspecteur stagiaire aurait sans doute tiqué sur le fait que Miss Percy était encore de la partie et que, cette fois, elle était la seule à figurer au casting des trois funestes soirées réunies. À quel moment de l'histoire l'évidence empiète-t-elle sur le hasard ?

C'est à partir de ce moment-là que Archibald Jonathan Percy II, le père de Rose Tracy, s'approcha de moi. Membre, tout comme moi, du très select Rotary Club de Ponteland, il connaissait évidemment mes activités de détective privé. Ma réputation n'était plus à faire dans la région et j'avais déjà eu l'occasion de travailler pour le compte de plusieurs autres sociétaires de ce club. En toute discrétion, bien sûr. Si cela s'était ébruité, c'était de leur fait, pas du mien. Secret professionnel oblige.

Entre constats d'adultère, surveillance d'entreprises concurrentes ou recherches d'ados fugueurs, je ne manquais pas d'activités, ce qui m'assurait un revenu correct. Pas de quoi rivaliser avec la dynastie Percy, bien sûr, mais assez pour que je n'y sois pas considéré comme un vulgaire représentant du bas-peuple. Clairement, la petite roue dentée de couleur dorée accrochée au revers de ma veste, symbole des Rotariens du monde entier, m'avait ouvert quelques portes sans avoir à y bloquer mon pied de longues heures durant. Le bouche-à-oreille avait fait le reste.

Après avoir tourné autour du pot à deux ou trois reprises lors de nos réunions du mardi au Golf Club, il avait fini par m'inviter à déjeuner à Newcastle au fabuleux *House of Tides*, le restaurant du chef double-étoilé au Michelin Kenny Atkinson. Dans cette immense bâtisse en brique marron, au pied du majestueux High Level Bridge, il m'avait exposé sa requête, entre une épaule d'agneau de lait salé, épinards et navets et un pavé de chocolat noir, le tout accompagné d'un Antique Muscat Yalumba d'Australie du Sud. L'addition était pour lui…

La mission qu'il voulait me confier était simple : je devais garder un œil bienveillant sur sa fille — unique — et m'assurer que sa présence à ces trois soirées « mortelles » n'était en effet qu'une pure coïncidence. Il savait très bien qu'elle était le point d'intersection avéré entre les trois événements, mais il ne pouvait évidemment imaginer une seule picoseconde qu'elle put être mêlée, même de loin, à ces trois disparitions tragiques.

Les tabloïds locaux et surtout nationaux, d'habitude si prompts à s'emparer de la moindre bribe d'information insignifiante, n'avaient pas encore établi le lien, ou du moins n'avaient-ils encore rien publié. Le fait que Sir Archibald Jonathan Percy II, dans la plus totale discrétion, figurait au rang des généreux donateurs de *NorthumberlandNews*, du *Daily Express*, du *Daily Mail*, du *Daily Mirror* et du *Sun* — autant ratisser large quand on en a les moyens — lui assurait une certaine immunité. Mais combien de temps cela durerait-il ?

Il lui fallait absolument avoir la certitude que sa fille n'était aucunement mêlée à cette mystérieuse série noire. Sinon, il aurait tout le loisir de l'exfiltrer du pays dans les plus brefs délais et lui trouver un placard doré à l'autre bout du monde, où

Tomber les masques

personne ne viendrait lui chercher des noises… à moins qu'elle n'y recommence ses sinistres desseins.

Les termes de l'accord étaient clairs : j'avais carte (y compris bancaire) blanche pour mener à bien ma mission, avec un soutien logistique me permettant d'accéder à toutes les futures soirées privées auxquelles elle serait également conviée. La rémunération, elle, était à la hauteur du niveau de noblesse de la lignée des Percy. Bref, le genre de boulot qui ne se refuse évidemment pas.

Je ne sais même pas si Rose Tracy Percy s'est rendu compte de ma présence dans ce manoir, hier soir. Il faut dire que je suis un spécialiste pour me fondre dans le décor et m'y faire oublier. J'avais repéré trois postes d'observation différents dans la salle et j'allais de l'un à l'autre en prenant bien garde de ne pas traverser ostensiblement le cœur de la fête, pour ne pas me faire remarquer.

Je gardais Miss Percy à l'œil et aucun de ces mouvements ne m'échappait. Et lorsque vers 23 h 17 elle se dirigea vers la porte de sortie, je me trouvais du bon côté pour pouvoir moi aussi, rapidement, glisser en dehors de la pièce et la suivre dans les couloirs de la bâtisse.

Je l'avais vue aller vers ce qui ressemblait à une salle de bains, de ce que je pus apercevoir lorsqu'elle ouvrit la porte. Avait-elle besoin de se rafraîchir, tant l'atmosphère était lourde et pesante au milieu de tous ces jet-setters qui aimaient tant jouer à « la bande de jeunes qui s'éclate » ? Souhaitait-elle se repoudrer le nez ? Ou peut-être profitait-elle d'être un peu à l'écart du reste du monde pour organiser un rendez-vous clandestin avec quelqu'un ?

C'est cette troisième hypothèse qui s'imposa rapidement lorsque le maître des lieux arriva à peine deux minutes plus tard. Il regarda à plusieurs reprises à droite et à gauche pour s'assurer que personne ne le voyait et il se faufila à l'intérieur de la salle de bains. J'étais suffisamment loin — et protégé par une grande plante en pot décorant le couloir — pour ne pas être repéré, mais assez près tout de même pour bien observer la scène.

J'avais dû attendre plusieurs minutes avant de voir Miss Percy ressortir de la salle de bains. Elle aussi semblait aux abois, à en juger du regard très inquiet qu'elle jeta aux alentours lorsqu'elle décida de s'engager dans le couloir. Elle réajusta sa coiffure d'un geste très nerveux et retourna rejoindre les invités dans la salle de réception.

Je n'avais pas trop su, sur l'instant, si je devais attendre que le maître des lieux sorte à son tour de la pièce. Mais avant même que je ne me décide, un couple d'invités traversa le couloir et entra dans la salle de bains. Au vu de leur état frénétique et de la très grande proximité physique dont l'un et l'autre faisaient preuve, je doutai qu'ils vinssent juste pour se laver les mains… ou alors pas dans un premier temps.

Du coup, repensant à ma mission première de surveillance de Miss Percy, j'avais décidé de revenir sur mes pas et de rejoindre les lieux de la fête. Retournant dans cette grande pièce très enfumée — les cigares étaient de sortie — j'avais tout de suite repris mon poste d'observation. Rien dans son comportement, ni dans sa tenue, ne paraissait particulièrement suspect.

Quelques minutes plus tard, j'aperçus aussi le couple qui avait, dans la foulée, visité la salle de bains. On sentait bien qu'ils avaient le rose aux joues et la coiffure un peu défaite. Leurs petits sourires et leurs regards pétillants en disaient clairement bien plus long que n'importe quelle autre description.

La soirée s'étira encore une bonne heure et demie, avant que les premiers invités ne commencent à quitter les lieux, donnant le signal d'une migration programmée. Les plus résistants préparaient une virée du côté de Newcastle pour faire une tournée des bars qui s'annonçait particulièrement chaude.

Tomber les masques

Les autres s'apprêtaient plus sagement à rentrer chez eux dans leurs carrosses. Jaguar XJ, Audi Q8, Mercedes Classe S, Bentley Mulsanne et Maserati Quattroporte pour ces messieurs ; Mini Cooper S, BMW Série 8 Coupé ou encore Cabriolet Abarth 595 de couleur jaune avec un scorpion sur le capot pour ces dames : le parking de ce manoir pesait à lui tout seul plusieurs millions de pounds. Sans compter les deux Ferrari, l'Aston Martin et la Rolls Royce, propriétés du maître des lieux, bien à l'abri dans deux garages différents du domaine.

Le maître des lieux, justement… Il avait fait une courte apparition en début de soirée, où il avait échangé quelques mots avec Miss Percy, avant de s'éclipser. Et je ne l'avais plus revu après l'avoir surpris en train de rentrer dans la salle de bains quelques instants après elle.

Plus revu… jusqu'à ce matin, dans le journal, en apprenant que l'on avait découvert son corps, la tête sauvagement fracassée à coups de barre de fer, dans la salle de bains de son manoir. J'ai failli avaler de travers mon thé aux fruits rouges (avec un nuage de lait) devant cette info qui faisait évidemment la une. Pour une fois qu'il se passe quelque chose de croustillant dans le coin…

J'étais encore en train de lire l'article, plutôt avare en détails, d'ailleurs, lorsque mon téléphone sonna. Archibald Jonathan Percy II avait, visiblement, eu la même lecture que moi et il m'attendait dans une heure dans son bureau. J'avais cru percevoir dans le ton de sa voix comme un certain agacement. Une coïncidence, ça pouvait aller. Mais quatre à la suite, clairement, non.

Le rapport que je vais lui remettre sera pourtant limpide : Rose Tracy n'est pas la dernière à avoir été présente dans la salle de bains entre le moment où la victime y est entrée et celui où l'on a découvert son corps. Cela devrait me suffire pour convaincre son père de son innocence. Ma mission aura donc été menée à bien. Je pourrai alors prendre l'oseille et me tirer.

Tomber les masques

Je n'ai pas spécialement l'intention de tenter le diable et de pousser davantage mes investigations. Ce que je pourrais trouver risquerait fort de dépasser toutes les imaginations possibles. Or, je n'ai plus l'âge de ces enfantillages et je préfère prendre une retraite anticipée plutôt que me retrouver mêlé à un scandale qui éclabousserait toute la bourgeoisie locale et susciterait des remous bien au-delà du seul périmètre du Northumberland et de Cumbrie réunis. Je l'ai plus que bien méritée.

Détective sans reproche et bientôt sans tâche ? Les apparences sont parfois bien trompeuses.

Surtout que les cartes sont formelles : c'est bien Mlle Rose qui a assassiné le Dr Lenoir dans la salle de bains avec le chandelier.**

*(** Évidemment, les personnes qui n'ont jamais joué au* Cluedo *de leur vie n'auront sans doute pas compris cette chute... Je m'en excuse bien humblement auprès d'eux)*

5001 mètres

« L'athlète est un homme qui a décidé de reculer les murs de sa prison. »
Antoine Blondin

Marquer de son empreinte l'Histoire, avec un grand H. Un H comme Hasard. Celui qui, parfois, fait bien les choses. Il en a toujours rêvé. Et c'est en train de devenir réalité. Alors qu'il aperçoit, droit devant lui, cette ligne d'arrivée tant convoitée, il a beaucoup de mal à y croire.

4 800 mètres... À l'entrée du dernier virage, il était encore noyé dans la masse, coincé derrière deux Kenyans et deux Éthiopiens, presqu'à bout de souffle. Il tentait tant bien que mal (mais plus mal que bien) de suivre le rythme infernal que ce quatuor a imposé à cette course depuis son départ, douze tours plus tôt.

Et puis le miracle prend rendez-vous avec le hasard. L'un des deux Kenyans perd soudain l'équilibre et entraîne dans sa chute ses trois autres compagnons, trop rapprochés pour empêcher l'accrochage fatal. Alors distancé de près de trois mètres, il parvient à éviter cet enchevêtrement de jambes et de corps et le voilà seul en tête, porté par la clameur de la foule. L'incrédulité a laissé place à l'enthousiasme puis au délire : un Européen (mieux, un Français !) est sur le point de gagner l'épreuve mythique des 5 000 mètres des Jeux olympiques d'été !

Depuis Dieter Baumann, en 1992 à Barcelone, cela n'était plus arrivé. Et encore, un doute a-t-il toujours plané lorsqu'il a, quelques années plus tard, été suspendu pour dopage, dans une rocambolesque histoire de dentifrice piégé à la nandrolone... Celui qui fut surnommé « Le Kenyan blanc » ne l'était peut-être pas tant que ça, blanc, mais rien ne fut jamais vraiment limpide dans cette histoire, pas plus ses urines que les multiples rebondissements administratifs et judiciaires.

4 900 mètres. À ce moment-là de la course, il n'a pas spécialement de pensée pour Baumann, son dentifrice, ses déboires. Il ne voit rien d'autre qu'une bande synthétique souple de couleur ocre sur laquelle il déroule tant bien que mal sa foulée, mécaniquement. L'oxygène commence à lui manquer, il sent mes muscles se durcir douloureusement, mais le simple fait de n'avoir devant lui aucun autre concurrent lui redonne une énergie inespérée.

4 915 mètres. Il n'ose pas se retourner pour savoir où sont ses adversaires. Les clameurs de la foule l'empêchent d'entendre leurs foulées dans la sienne. Il ne sent pas non plus le souffle chaud et insistant de celui — peu importe lequel — qui en voudrait à sa première place, à sa médaille d'or, à ses lauriers, sa gloire… Il est seul au monde. Il plane. Et sans la moindre substance hallucinogène. Simplement nourri au bio et aux produits frais, suivi de près par une naturopathe qui sans cesse l'épate par sa capacité à lui trouver les bonnes combinaisons de vitamines, huiles essentielles et autres compléments alimentaires, pour le maintenir dans une forme… olympique.

4 930 mètres. Le cerveau génère parfois des oraisons que la raison ignore. Voilà qu'il se met à prier comme jamais il ne l'a fait jusqu'à présent. Prier pour que l'Univers, qui l'a superbement snobé depuis qu'il est né, se rappelle un instant qu'il existe. Prier pour que ces quelques secondes qu'il lui reste à courir soient les plus intenses et les plus riches de sa vie. N'a-t-il donc rien d'autre à penser à ce moment-là ? N'est-il pas censé contrôler sa foulée ? Sa respiration ? Il laisse l'ivresse l'envahir. Il se sent comme Icare s'approchant du soleil, mais ses ailes de géant ne l'empêchent pas de marcher, bien au contraire ! De toute façon, il ne marche ni ne court. Il vole. Comprenez bien, il vole. Sans fumée, sans alcool. Il vole…

4 950 mètres. Il n'est pas en train de mourir, et pourtant il a l'impression de voir sa vie défiler devant ses yeux. Est-ce la combinaison chimique d'endorphine et de dopamine qui ouvre les vannes mémorielles, déversant un flot d'images toutes plus improbables les unes que les autres, y compris celles de sa naissance ? Ses premiers pas dans le salon ; ses premières courses échevelées dans la cour de récréation ; ses premiers tours sur la piste cendrée du stade Léo Lagrange au bout de sa rue ; les kilomètres avalés, dévorés, engloutis jusqu'à la nausée, par beau ou mauvais temps ; ses premiers succès, les premiers articles de journaux et reportages télé… et ce championnat d'Europe victorieux qui lui ouvrit les portes des Jeux olympiques… Toute une carrière, toute une vie qui passe à une vitesse vertigineuse. De quoi laisser sur place Jesse Owens, Harmin Hary, Carl Lewis, Usain Bolt et tous les monstres sacrés du 100 mètres.

4 963 mètres. Un doute l'assaille soudain… Encore 37 mètres et il va gagner. Mais l'a-t-il pour autant mérité ? Quel poids aura cette médaille d'or autour de son cou, alors que, en temps normal, il n'en aurait jamais vu la couleur sinon de loin ? À part une ligne dans le palmarès officiel des Jeux olympiques, quelle trace autre qu'un grand éclat de rire laissera cette victoire au Panthéon du Sport ? Et puis merde, se dit-il ! Que ceux qui auront envie de s'en amuser viennent seulement poser leur pied sur une piste et en faire douze fois et demie le tour assez vite pour se qualifier pour la plus sublime des épreuves ! Que ceux qui voudront se moquer l'accompagnent, été comme hiver, user leurs semelles de leurs chaussures, se faire mal aux mollets, brûler leurs poumons et éteindre leurs ampoules aux pieds.

4 975 mètres. Ah, si son père était là. De là-haut, il fait sans doute partie de ceux qui vont le plus se marrer, mais avec tendresse et affection. Et sans moquerie aucune. Il l'a toujours soutenu, dans la limite de ses modestes moyens et en dépit de ses propres convictions. Il aurait aimé qu'il prenne sa suite dans l'entreprise familiale de boulonnerie et visserie qu'il avait lui-

même héritée de son père. Mais il a bien vite compris que c'était davantage les pas sur la piste que les pas de vis qui attiraient son fils. À cet instant, il souhaiterait tant pouvoir le serrer dans ses bras à la descente du podium, et lui passer autour du cou cette médaille d'or qui est aussi la sienne.

4 987 mètres. Plus que quelques foulées et tout sera consommé. Aura-t-il envie de poursuivre sa carrière après cela ? Remettre son titre en jeu dans quatre ans ? Subir encore tant de souffrances, de privations et de sacrifices pour rester au sommet ? Il en doute. Il voudra surtout VIVRE enfin ! Sortir le soir, manger une pizza, avachi dans un canapé en regardant pour la dixième fois des épisodes de la série *Friends* sur Netflix, se taper une crème glacée parfum chocolat ou une tartine de pâte aux noisettes, selon le goût du moment, partager de simples instants de convivialité avec ses amis, les rares qui lui restent et qui ont supporté ses absences et sa vie d'anachorète.

Et puis rencontrer la femme auprès de qui il voudra vieillir, pourquoi pas ? Il a de l'endurance et il saura prendre son temps pour la trouver et surtout faire en sorte de la garder ! Il n'a pas particulièrement excellé en la matière jusqu'à présent, mais les choses vont changer. En négociant quelques beaux contrats publicitaires, en écrivant un livre biographique, en monnayant savamment quelques conférences, il devrait pouvoir s'assurer un bon petit matelas qui les aidera à vivre la vie qu'ils voudront, au rythme qui sera le leur, sans chronomètre dans la tête.

4 999,99 mètres. Ça y est ! La délivrance ! Il ne sent plus ses jambes, il est quasiment en apnée depuis quelques secondes, mais il a encore la force de lever les bras, de pousser son buste en avant, les yeux fermés, et de crier toute sa rage au moment de lancer sa dernière foulée pour franchir la ligne et entrer dans le Gotha. La cerise sur le gâteau. Le plomb qui se transforme en or. Celui qui va se pendre à son cou, dans une poignée de minutes, sur la plus haute marche du podium, avant que ne

retentisse *La Marseillaise* et que le drapeau bleu blanc rouge ne s'élève dans la nuit.

5 001 mètres. Il a défié les lois de l'équilibre et il s'est affalé de tout son long, une fois la ligne franchie, le cœur battant à près de 180 pulsations à la minute, au-delà du raisonnable. Il n'a même pas eu mal en tombant. Son corps n'était de toute façon déjà plus qu'une douleur à lui tout seul. Peu importe. Quelques secondes de souffrance pour une gloire éternelle, c'est équitable. Les yeux encore fermés, il hyperventile en pleine conscience pour accompagner son cœur dans son mouvement de décélération. Il en aura subi des outrages, celui-là et il n'aura pas été épargné ces derniers temps. Le moment est venu aussi d'envisager que seules, désormais, les émotions de l'amour le fassent battre plus vite que la normale.

Il lui faut une bonne minute avant de pouvoir rouvrir les yeux. Trois visages sont penchés au-dessus de lui, inquiets de mon état de santé. Il les écarte d'un geste du bras, pour qu'ils le laissent respirer et jouir du moment présent ! Et aussi pour qu'il puisse se relever et regarder ce tableau lumineux où s'affiche son nom en lettres d'or, avec le chiffre « 1. » devant. Champion olympique ! Il est également impatient de découvrir son chrono, car il sait qu'il a réalisé un temps canon.

12'45"69 ! Il doit se pincer pour être sûr qu'il ne rêve pas. C'est un nouveau record de France et d'Europe ! Le jackpot ! Sauf que… sauf que… Le chiffre qui est devant son nom est le « 4. » et non pas le « 1. » Il ne comprend pas, croit en une erreur technique. Il essaie de se raccrocher à un regard complice, ami, mais il ne trouve rien d'autre qu'une nuée de photographes agglutinés autour de trois hommes qui se tiennent par les épaules et dansent comme des dératés.

Les yeux fermés en franchissant la ligne d'arrivée, il ne les a pas vus se jeter comme des morts de faim au-delà de cette même ligne et lui souffler, pour quelques millièmes de seconde, la victoire promise. Tout s'est joué au millimètre et il a fallu décortiquer à plusieurs reprises la photo-finish pour pouvoir établir le podium sur lequel il ne figure pas. Quatrième. La place du con, comme on dit.

Est-ce la fatigue, l'émotion ou la rage, ou bien les trois à la fois ? De l'eau envahit ses yeux sans qu'il ne puisse rien faire contre. Un goût amer lui remonte des entrailles et vient tapisser sa bouche. Il en a presque la nausée.

Du coup, il irait bien demander à Dieter Baumann la marque de son dentifrice pour lui faire passer ce dégoût…

Orpheline

« Si tu n'arrives pas à penser, marche ; si tu penses trop, marche ; si tu penses mal, marche encore. »

Jean Giono

D'abord nous avons marché. Longtemps. Beaucoup. Nous n'avions pas vraiment le choix. Il nous fallait impérativement nous déplacer. Pour certains, c'était presque une question de survie. Pour d'autres, un simple pari. Je faisais partie de cette seconde catégorie et je partageais cet état d'esprit avec ma compagne. Le défi qui se présentait à nous nous semblait suffisamment excitant pour ne pas tenter de le relever. Ce n'était pas la première fois que nous nous lancions de la sorte.

C'est ainsi que nous partîmes, aux aurores, pour une aventure qui se déclina en mode tout-terrain. Elle commença, à découvert, par l'asphalte des routes de campagne. De longues lignes droites, sans âme, parfois coupées de quelques larges virages insipides. Du gris à perte de vue avec, de chaque côté, de petits fossés à la fois banals et intrigants. Que n'ont-ils vu passer au fil de leurs nombreuses décennies d'existence ? Ils n'en laissent rien paraître, noyés dans un silence presque apaisant, cachés sous de hautes herbes rarement attirantes. Seuls quelques moteurs aux chevaux lâchés, profitant de la topographie des lieux, avaient troublé cette relative quiétude.

Ce furent ensuite des chemins incertains et cahoteux en bordure de champ. Une route buissonnière pour échapper à la monotonie froide et mortelle de ce long ruban de bitume, vide de vie et d'énergie. Une façon, aussi, de se protéger d'une trop grande exposition.

Tomber les masques

Il faisait chaud et le fond de l'air était lourd. Nous sentions voler la poussière au fur et à mesure que nous avancions sur ces allées terreuses. Une poussière aux couleurs sable et ocre qui venait se coller à nous, comme attirée, voire aimantée par les effluves de transpiration. Mais l'important n'était certainement pas là. Il était ailleurs. Loin. Bien au-delà de l'horizon. Bien au-delà où peut se poser le regard. Pour beaucoup, ce n'était pas forcément le chemin qui comptait, mais bel et bien le but. Et tant pis pour les philosophes qui pensent le contraire.

Nous le savions tous : notre périple serait encore bien long. Pourtant, nous ne nous en préoccupions pas vraiment lorsque, délaissant la compagnie de ces champs fraîchement labourés et ensemencés, sur lesquels moult volatiles venaient se servir et s'en mettre plein le bec, nous entrâmes dans la forêt. Dans cette végétation dense et rafraîchissante, temporairement abrités d'un soleil de plus en plus pesant, nous ne ressemblions plus qu'à de simples particules, presqu'élémentaires. Nous venions polluer cet immense poumon vert qui nous ouvrait pourtant si gracieusement ses bronches, bronchioles et autres alvéoles. Nous étions comme les vecteurs d'une variante moderne de la silicose.

Il nous fallut redoubler de prudence et de vigilance. Bien sûr, nous étions à l'abri d'un certain nombre de regards, mais la dizaine de kilomètres déjà parcourue commençait à se faire ressentir dans les organismes. Et dans les têtes. La concentration n'était plus la même. La lucidité non plus. Sur les sentiers, se faufilant entre les troncs majestueux, il fallait faire attention à ne pas trébucher sur les racines apparentes, se méfier des trous et des ornières, et éviter çà et là quelques flaques de boues qui n'avaient visiblement pas été informées que la météo était plutôt au beau fixe ces derniers jours.

Plus nous avancions dans cette forêt et plus nous prenions conscience de ce que nous laissions derrière nous. L'heure n'était plus à penser à se retourner. Notre route était planifiée et programmée. La marche arrière — pire, le demi-tour ! — n'était même pas une option. Avancer, encore et toujours. Coûte que coûte.

Nous étions bien sûr à mille lieues des aventures de Henry David Thoreau, de son immersion dans les bois du Massachusetts au milieu du 19e siècle pour faire corps avec la nature. Nous n'avions pas non plus la moindre envie d'une quelconque séance de sylvothérapie, à faire des câlins aux arbres. Notre démarche — et surtout notre marche — était bien plus terre-à-terre : il fallait tout simplement avancer. Aller toujours plus loin.

Au fil des heures, nous avions fini par perdre quelque peu la notion du temps. Il faisait encore jour et si la luminosité baissait, cela était surtout dû à la densité des feuillages au-dessus de nos têtes. Comme plongés dans un tunnel végétal, nous n'avions même pas le plaisir d'être fascinés par le spectacle à la fois grandiose et effrayant de ce décor naturel. Si les forêts hantées existent, peut-être celle-ci en faisait-elle partie. Mais nous n'avions, objectivement, que de très faibles chances de croiser fantômes, sorcières ou druides maléfiques, pas plus que l'Ankou avec sa charrette grinçante.

De dénivelés en passages jonchés de ronces, de sillons de boues séchées en tapis de mousse, le chemin ne brillait pas par sa facilité. Il fallait faire preuve d'une bonne dose d'enthousiasme doublée d'un soupçon de folie douce pour apprécier à sa juste valeur ce parcours qui pourrait figurer dans les guides pratiques des randonnées sportives.

Les heures nous semblèrent tellement plus longues à devoir crapahuter dans des conditions parfois à la limite du supportable, avant d'arriver enfin de l'autre côté de cette forêt. Au-dessus de nos têtes, les cimes feuillues des arbres majestueux avaient fini par laisser place à un ciel pur et dégagé. Le soleil commençait à décliner à l'horizon, mais la lumière du jour prenait tout son temps avant de s'atténuer vraiment. Comme si elle souhaitait prolonger le plus longtemps possible la grâce merveilleuse d'une belle journée printanière. Comme si elle voulait nous accompagner le plus loin qu'elle le pût dans notre éprouvant périple.

Car la fin de cette traversée forestière ne signifiait en rien la fin de notre parcours. Nous retrouvâmes, de nouveau, des bordures de champs, de grandes étendues de terres retournées, prêtes à recevoir, dans un futur proche, le fruit de semences. Quelques kilomètres encore et nous arriverions au point de rendez-vous, un peu à l'écart de la grande ville, dans une zone très peu habitée offrant une vue imprenable sur cet océan, fruit de tous les fantasmes. Au-delà de ce champ de vagues et d'eau, qui se perd à l'infini, il y a sûrement d'autres terres. Plus fertiles, qui sait ? Plus vertes au printemps ? Plus accueillantes ? Il faudrait y arriver pour le savoir. Mais tout le monde avait conscience que le voyage vers l'infini est bien long, surtout les derniers jours.

Les ultimes hectomètres avant le point de rendez-vous ne furent pas les moins éprouvants. Maltraités tout au long de la journée, les muscles étaient endoloris et les plantes de pied chauffées à blanc.

Le chemin contourna la ville, histoire d'éviter le plus possible trottoirs et bitume. Nous arrivâmes enfin dans cette maison un peu isolée, à l'écart de toute civilisation. Une petite cuisine, un petit salon-salle à manger et deux petites chambres au rez-de-chaussée. Deux autres petites chambres, une petite salle de bains et un petit dressing à l'étage. Un petit garage et une petite buanderie au sous-sol, avec accès vers un petit jardinet sur lequel était posé un petit étendoir à linge : rien d'impressionnant au premier regard, vu de l'extérieur, et pas plus de l'intérieur. Nous ne nous aperçûmes même pas que tout au bout du petit jardinet prenait naissance un petit chemin de terre menant directement sur une petite crique de sable, sans prétention. Là, deux petits bateaux étaient amarrés à quelques mètres de distance l'un de l'autre. Ils ne brillaient pas par leur modernité ni par leur confort apparent. Ils étaient parfaitement raccord avec le reste du paysage.

Peu nous importèrent la taille et la chaleur accueillante de la maison, il ne nous fut pas permis de vraiment en profiter. Nous n'étions de toute façon pas là pour ça. Nous nous retrouvâmes très rapidement dans le sous-sol, tous comprimés, serrés les uns contre les autres, enfermés dans un espace étroit et quasiment sans lumière, ni même le moindre repère. Car la plupart de ceux qui avaient fait tout ce trajet en groupe, ou en couple, se trouvèrent isolés, séparés de leurs compagnons d'infortune.

À cette punition physique s'ajouta presqu'immédiatement une autre, sensorielle. L'odeur qui se dégagea des lieux devint en effet rapidement insupportable. Invisible, impalpable, elle était bien là, envahissante. Il était impossible de l'ignorer. Elle restait collée aux organismes qui en étaient imprégnés en profondeur.

Bien vite, tout ne fut que puanteur nauséabonde, pestilence fétide et effluves écœurants. Agglutinés les uns aux autres, nous ne pouvions pas bouger. Il fallut se résoudre à nous habituer à cette situation. Nous savions tous qu'elle n'était heureusement que transitoire et que, rapidement, nous serions encore déplacés, bousculés et entassés ailleurs, dans un endroit sans doute plus hostile.

Cela arriva plus vite que nous ne le pensions. La nuit était tombée depuis longtemps et la météo vira soudain à l'orage. De grosses bourrasques de vent se levèrent, balayant la petite crique d'où le sable fin s'envola, et faisant méchamment tanguer les deux petits bateaux, semblant être devenus soudain tellement frêles.

C'est dans le noir le plus complet que l'on nous transféra dans un autre espace clos. Nous ne pûmes que deviner qu'il était plus métallique dans sa structure, mais pas plus grand ni plus confortable pour autant. Nous y étions tout autant comprimés et baignant dans ces mêmes fragrances repoussantes.

La différence fut que nous avions quitté un endroit silencieux, paisible et sec, pour un autre infiniment plus bruyant, agité et surtout humide... Et le mot est faible. Notre périple continua de plus moche : non seulement nous fûmes alors sévèrement bringuebalés, mais nous recevions sans arrêt des violents paquets d'eau contre lesquels nous ne pouvions rien faire d'autre que d'attendre qu'ils passent. Aucune échappatoire et quasiment pas de répit ni de temps de récupération. À chaque pause que nous pensions salvatrices succédait immédiatement une nouvelle secousse, comme un séisme toujours plus intense, dépassant tous les barreaux possibles de l'échelle de Richter. Là encore, nous dûmes faire preuve d'une grande force d'auto-conviction pour nous projeter dans « l'après », lorsque cet épisode aquatique serait terminé.

Cela dura tout de même deux bonnes heures avant que ne revienne le calme. Et au bout de ce périple, marquant notre destination finale, le retour, enfin, à la lumière. Notre premier souci fut évidemment de partir à la recherche de nos proches, de nos compagnon(e)s d'infortune, séparés au gré des tumultueuses circonstances. Beaucoup y parvinrent. Mais pas tous. À commencer par moi.

J'eus beau regarder partout, je dus me résoudre bien vite à accepter l'horrible vérité : après tout ce parcours du combattant, tous ces kilomètres engloutis, toutes ces terribles épreuves olfactives et physiques, je me retrouvai désormais toute seule, comme abandonnée. Orpheline. Comme d'autres le furent avant moi et comme d'autres le seront sans doute après. Ce n'était qu'un simple pari. Il était bel et bien perdu, lui aussi.

D'un naturel optimiste, je gardais néanmoins espoir : après tout, ce n'était pas la première fois que l'on retrouverait une chaussette égarée dans le fond du bac à linge ou du tambour de la machine.

Table des matières

La voisine d'en face 9

Nelson, Kevin et moi 13

Et David terrassa Goliath 27

Sept pieds 34

Apparences 40

Fils de Lorentz 50

Sur les rives du canal de la Deûle 59

Gazon béni 69

L'envol de l'aigle 99

Filature 108

Quatre à la suite 115

5001 mètres 125

Orpheline 131

Remerciements

Un grand merci à cette source inépuisable d'inspiration qu'est la vie, dans ce qu'elle a de plus gai ou de plus sombre, de plus absurde ou de plus rationnel, de plus réel ou irréel…

Un grand merci aussi à Patricia Galoisy, éditrice au grand cœur, qui a eu le mérite, un jour, de m'éditer, puis le courage de persévérer (à moins que ça ne soit le contraire).

Je n'oublie pas non plus de remercier chaleureusement Sylvie Lafille, héroïque professeure de français de mon enfance (nous étions en 1983), qui avait su déceler en l'adolescent chétif et même pas boutonneux que j'étais, une graine de littérature qui ne demandait qu'à germer…

Un grand merci (par ordre alphabétique) à AC/DC, Jeanne d'Arc, Kenny Atkinson, Augias, Dieter Baumann, Usain Bolt, Jean-Paul Belmondo, Nestor Burma, Dino Buzzati, James Cameron, le CNRS, Christophe Colomb, le Conseil européen pour la recherche nucléaire, Kevin Costner, Pierre de Coubertin, Marie Curie, Pierre Curie, Saint-Grégoire d'Utrecht, le *Daily Express*, le *Daily Mail*, le *Daily Mirror*, David, Gustave Flaubert, la Foir'Fouille, Henry Ford, Galilée, Jean-Jacques Goldman, Goliath, Zaha Hadid, Hadrien (Publius Aelius Hadrianus dit), Harmin Hary, Henry IV, Adolph Hitler, the *House of Tides*, Luberta Hupkes, Saddam Hussein, Johannes Itten, Jésus, Carl Lewis Hendrik Antoon Lorentz, Geertruida Lorentz, Gerrit Frederik Lorentz, Aleta Catharina Lorentz, Gertruida Luberta Lorentz, Louis XVI, Max Lüscher, Aldo Maccione, Chris Maker, Paolo Maldini, Nelson Mandela, Megadeth, John Merrick, Jacques Mesrine, Metallica, Moïse, Montreux Jazz Café, Isaac Newton, le *NorthumberlandNews*, l'Olympique de Marseille, Jesse Owens, le Paris Saint-Germain, Pénélope, Jean-Marie Poiré, Anthony Pratt, Elva Rosalie Pratt, Le Rotary Club de Ponteland, Sainte-Adèle, Erwin Schrödinger, Scotland Yard, Sepultura, le *Sun*, Henry David Thoreau, le Troc de l'Île, Ulysse, la voisine d'en face, François Valentiny, Stevie Ray Vaughan, Pieter Zeeman et Robert Zemeckis pour leur aimable et gracieuse participation tout au long de ces récits...

Et puis un grand merci aussi, et surtout, à ma petite fée, pour son soutien sans faille, ses précieux conseils, ses questionnements, ses relectures chirurgicales et ses pistes de réflexion, même quand elles menaient à de profonds bouleversements...

Dépôt légal 1er semestre 2021

PGCOM Editions Route Inthatarteak 64480 Ustaritz